狸奴
不出门

中国名人爱猫小史

林韵 著

应急管理出版社
·北京·

图书在版编目（CIP）数据

我与狸奴不出门:中国名人爱猫小史/林韵著．－－北京：应急管理出版社，2024
ISBN 978－7－5020－9883－4

Ⅰ.①我… Ⅱ.①林… Ⅲ.①故事—作品集—中国—当代 Ⅳ.①I247.81

中国国家版本馆 CIP 数据核字（2023）第 065501 号

我与狸奴不出门　中国名人爱猫小史	
著　　者	林　韵
责任编辑	姜　婷
封面设计	沉　清
出版发行	应急管理出版社（北京市朝阳区芍药居 35 号　100029）
电　　话	010－84657898（总编室）　010－84657880（读者服务部）
网　　址	www.cciph.com.cn
印　　刷	天津市新科印刷有限公司
经　　销	全国新华书店
开　　本	880mm×1230mm^1/$_{32}$　印张　8　字数　142 千字
版　　次	2024 年 1 月第 1 版　2024 年 1 月第 1 次印刷
社内编号	20220846　　　　　　　定价　48.00 元

版权所有　违者必究

本书如有缺页、倒页、脱页等质量问题,本社负责调换,电话:010－84657880

为什么他们甘心为"奴"？(代序)

1924年，有一位名叫舒庆春的教员千里迢迢去到英国当中文教师。他对英国人爱猫、宠猫的行为表示不解。在舒庆春看来，猫不过是众多家畜之一，英国人为什么要大费周章地把猫送到"托猫所"去，还要"乖乖""宝贝"地叫着，牛奶鱼虾伺候着，这简直不可理喻。

多年之后，教员舒庆春因为另一个名字为大家所熟知——老舍。而他的另外一个身份大家可能还不太了解，他已经从一个不知道为什么要养猫的人，变成了一个不折不扣的猫奴。

猫在老舍的生活中扮演着重要的角色,也不断在他的文章中出现。他爱猫爱到什么程度呢?大家都知道老舍爱养花,而他的猫宝贝即使打翻了花,甚至把花扯得稀巴烂,老舍也不会有半句责骂。

这个对猫毫无底线和原则的老舍跟你看到的文学家老舍是不是判若两人?

现代人喜欢把每天伺候猫主子,处处以猫咪为先的人称为"猫奴",照这个定义,老舍是正儿八经的猫奴。其实,不只老舍,我们所熟知的很多大师,比如梁实秋,比如季羡林,比如夏衍,比如林徽因,比如钱锺书,也都是猫奴。

老舍先生的老友梁实秋先生曾经也像老舍一样,在文章中历数猫的罪状。那时的梁实秋先生大概没有想到,他晚年竟成了重度猫奴——不仅陆续收养了好几只流浪猫,而且还会半夜披衣起床,只是因为家里的猫想要吃茶叶蛋了。

名人中,季羡林和夏衍对猫的爱从不遮遮掩掩。季羡林坦言自己不仅爱猫,而且敬重猫。当他处于人生的灰暗期时,猫给予他温暖,助他渡过难关。爱猫咪咪离世后,他对死亡也有了新的思考和感悟。

夏衍从小就喜欢猫,是猫陪伴他走过了孤独的少年时期。到晚年的时候,他只养一种猫,那便是黄猫。猫奴总是想给猫主子最好的东西,夏衍也不例外。在其他家猫还在撕咬小鱼干的时候,夏衍的猫已经享受到"海淘"的猫薄荷了。

别看大师们在各自的领域内无欲无求,当转换成猫奴的身份后,彼此之间瞬间有了好胜心,也想比个高低。夏衍经常和冰心探讨究竟是黄猫好还是白猫好,两位老人争得不可开交,最后的结论是:自家猫主子最好。

当然也有名人因为对猫不友善而饱受诟病,比如鲁迅先生;还有名人因为自己家的猫太会打架而被批评得很惨,她就是林徽因女士。

如果将时间倒流回古代中国,那首屈一指的猫奴便是陆游了。

陆游写过很多关于猫的诗句,比如"溪柴火软蛮毡暖,我与狸奴不出门"(《十一月四日风雨大作·其一》),"裹盐迎得小狸奴,尽护山房万卷书"(《赠猫·其二》),"勿生孤寂念,道伴有狸奴"(《独酌罢夜坐》)。

古人称猫咪为"狸奴",近现代的人猫关系却反转了,人变成了"猫奴"。有人形容人和狗的关系就像是古老的婚姻关系——即便是看惯了人类的反复无常,狗依然会强烈地爱着我们,不计前嫌。而猫则不然,猫永远学不会顺从,猫奴很轻易地就会失去猫的信任。

但这并不代表猫毫无感情。实际上,猫总是能适时收起猫科动物凶猛好战的本性，展现出自己最社会化的一面。它黏人又独立，克制又深情。

老舍、梁实秋、林徽因、季羡林、钱锺书……这些身为猫奴的名人都会同意，当有一只猫愿意蹭蹭你的脚踝，横卧在你的双膝上，你便会体验到一天中最美好的时刻，没有之一。

每位大师都有不为人知的另一面。他们或许在自己的领域名誉盛隆，令人可望而不可即，但当他们卸下一身光环回归生活后，他们却是有趣又接地气的猫奴。

最开始，我以猎奇的心态收集大师和猫的故事，我以为每一段这样的故事都能为现代人为何这么爱猫找到更具合理性的理由。但在我撰写完众多名人爱猫的故事之后，我发现，猫并不是他们的附庸或玩物，恰恰相反，他们甘心为"奴"。这是因为在与猫相处的过程中，猫丰富了他们的人生，更给予了他们特别的力量。

所以，写这本书最大的目的，不仅仅是展示爱猫名人不为人知的另一面，更重要的是让更多人懂得猫是复杂的生物，永远不要凭借热情和冲动豢养一只猫。比喂养更重要的是懂得和尊重。

放低姿态，躬身为"奴"，也许我们反而更容易找到跟这个世界和解的办法。

目录

从工具猫到宠物猫，古人与猫的关系演变　001

陆游·风雨大作，我与狸奴不出门　009

司马光·"别人家的孩子"是怎么爱猫的？　017

朱厚熜·"猫奴"皇帝，不止我一个　025

文徵明·爱猫，以"笨小孩"的方式　037

乾隆·给猫起名，别再只会叫"咪咪"啦　045

老舍·写作、种花、撸猫，人生有趣　055

梁实秋 · 晚年成为猫奴，多的是不可能的事　069

齐白石 · 萌老人和他的猫奴朋友们　081

季羡林 · 耿直学霸，执拗爱猫　095

钱锺书和杨绛 · 温暖我们仨，那只叫花花儿的猫　111

徐志摩 · 天堂里有没有猫来猫往？　125

冰心 · 世间猫千万，我只要咪咪　137

吴湖帆和潘静淑 · 金危危日，来画猫吧！　147

夏衍 · 老猫撑着最后一口气，只为再见一面……　153

鲁迅 · 仇猫奶爸，这还是你认识的鲁迅吗？　165

许地山·文人中隐藏最深的猫专家 179

弘一法师和丰子恺·师徒皆猫奴 187

张大千·大画家的猫奴朋友圈 201

梅兰芳·下辈子,有人想成为你家的猫 213

吕思勉·是史学大家,也是猫咪之友 223

有关爱与生死,那些猫咪教给我们的事 232

后　记 243

从工具猫到宠物猫，古人与猫的关系演变

一天，晚清四大重臣之一的张之洞正在聚精会神地伏案工作。突然，童仆神色慌张地闯了进来。

张之洞抬眼正色问道："出什么事了？"

童仆低头搓着衣角："大人，我想跟您说件事。"

"说。"

"我闻见猫屎味儿。

我开始满屋子找猫拉在哪里了。

我找到了，然而猫拉在您的文件上了。

我还没来得及擦，猫又上去踩了几脚。

之后猫开始满屋子乱跑……"

童仆不敢再说下去，张之洞听完站起身来，找到那个

沾有粪便的文件,一边擦,一边把下人都叫到身边来,要求他们以后不能因为猫在屋里乱拉乱尿就打骂它们,并说:"猫本无知,不可责怪,若人如此,则不可恕。"

张之洞生活的时代,还没有专门用来掩埋猫咪粪便和尿液的猫砂。据说张之洞家里最多的时候养了几十只猫,这些猫在屋里乱拉乱尿,他还能如此心平气和,可见对猫是真爱无疑了。

爱猫之人自古有之。那么,我国古代,人与猫的关系是怎样的呢?

在很长一段时间内,中国人认为猫不是本土的物种,而是从天竺国引进的,主要用来守护佛经。实际上,猫在中国出现的时间远比古人以为的时间要早。近些年来,考古学家在陕西省泉护村发现了5000多年前的猫骨,这些猫遗骸上没有火烧、打孔的痕迹。考古学家据此推测,这些猫与先民之间存在一种共生关系。它们捕捉老鼠,保护了先民的粮食。不过,仅凭目前发现的骨骼标本,我们还无法确定那时的猫已经是先民家中的一员,还是自由来去的游侠。

在古埃及,猫被视为巴斯特女神的化身。巴斯特女神,猫首人身,原本是下埃及的战争女神,后来变成家庭的守护神,象征平安喜乐。人们崇拜巴斯特女神,也将猫置于崇高的地位。如果家里的猫不幸死去，全家人都要剃掉眉毛，以示哀悼。而在我国古代，猫因为能够捕捉老鼠，也被尊为农业神。

《礼记·郊特牲》中记载："天子大蜡八。伊耆氏始为蜡，蜡也者，索也。岁十二月，合聚万物而索飨之也。蜡之祭也，主先啬，而祭司啬也。祭百种以报啬也。飨农及邮表畷，禽兽，仁之至、义之尽也。古之君子，使之必报之。迎猫，为其食田鼠也；迎虎，为其食田豕也，迎而祭之也。祭坊与水庸，事也。曰'土反其宅'，水归其壑，昆虫毋作，草木归其泽。皮弁素服而祭。素服，以送终也。葛带榛杖，丧杀也。蜡之祭，仁之至、义之尽也。"

先秦时期，十二月会举行蜡祭，以感谢与农业有关的神当年的庇佑，并为次年的农业生产祈福。按《礼记》所说，在蜡祭时，天子祭祀的有这八位：先啬、司啬、农、邮表畷、猫虎、坊、水庸、昆虫。其中，先啬和司啬是农耕的始祖，应该祭祀；农是田官之神，邮表畷是始创庐舍、开道路、划疆界的人，应当祭祀；坊和水庸是农业设施，应当祭祀；昆虫是农田里躲不过去的小生物，拜一拜总没有坏处；兽界代表只有猫和虎，它们捕杀田鼠、野猪等祸害农田的动物，保护庄稼，功不可没，的确应当祭祀。

2020年4月，山西考古研究院联合相关部门对垣曲北白鹅墓地（位于山西省运城市垣曲县英言镇白鹅村东）进行了抢救性发掘。在一号墓墓主人的腰部位置，发现了五件形状如猫爪一般的黄金饰品。虽然研究人员尚无法确定金饰是按猫爪做的，但是不排除在2700多年前，生活在周代的贵族已经驯养了猫的可能性。

我国古代将野猫驯养为家猫，根据目前已有的考古资料，是从汉代开始的。长沙马王堆一号墓中出土的汉代漆盘上画有许多猫。这些猫有着圆润的身体、圆圆的眼睛和长长的胡子。与虎豹等野生动物相比，这些猫咪看起来十分温驯，应经过驯化。不过，这时候的人们驯养猫咪，仍是为了捕捉老鼠。到了唐代，爱猫人士越来越多，猫咪也从"工具猫"变成了"宠物猫"，且多由社会地位较高、经济更为富足的贵族豢养。河南安阳唐末赵逸公夫妇墓的壁画中就有猫，这也是墓葬壁画中首次出现猫的图像。到了宋代，养猫成为全民活动，宋代也就成了猫咪周边产业大发展的时代。

猫从野生动物变成家养动物，习性改变，饮食自然也发生了变化。从宋代开始，鱼出现在猫咪的食谱中。明清之后，猫粮则以肉和肝为主，宫猫还有机会吃到熟猪蹄。清代人总结出了不少当时看来较为科学的喂养办法，比如

"猫食野物则性戾而不驯，猫食盐物则毛脱""猫食鳝则壮，食猪肝则肥"，等等。

说到吃，明代时候还有一种有趣的家具，用来防止猫偷吃，叫作"气死猫"。这是一种特制的橱柜，柜门是窗棂状的，专门用来储存食物。对于在厨房里逡巡的小猫咪来说，它们能清清楚楚地看到橱柜里都装了什么好东西，却因为一扇门之隔吃不到，所以叫"气死猫"。这是古人有趣的发明。

在我国古代，一声不吭就把猫领进家门是绝对不行的。领养猫，也叫聘猫，有一系列的流程，仪式感十足。

下图这种雕版印刷的契约叫作"猫儿契式"。这个契约有特定的形式和文字，文字呈螺旋状排列，猫恰好在一层又一层文字的正中间。此外，契约上还要写上："东王公证见南不去，西王母证知北不游。"西王母娘娘和东华帝君来做见证，才能正式结下缘分。

契约上的文字是这样写的：

一只猫儿是黑斑，本在西方诸佛前，三藏带归家长养，护持经卷在民间。

行契××是某甲，卖与邻居某人看，三面断价钱××，随契已交还买主。

买主愿如石崇富，寿如彭祖福高迁。仓禾自此巡无怠，鼠贼从兹捕不闲。

不害诸牲并六畜，不得偷盗食诸般。日夜在家看守物，莫走东畔与西边。

如有故违走外去，堂前引过受笞鞭。

某年某月某日

行契人某

我们可以了解到的是，契约一开始就说了猫的毛色，然后讲明了猫的高贵出身——可不是什么草莽村夫，而是佛国来的圣物，所以一旦领回家去，就要善待。契约里还规定了猫的职责，那就是好好捕鼠，不能"摸鱼"。

契约立好了，可不是就万事大吉了，还得准备好聘礼，再选个吉日，上门接猫。宋代诗人黄庭坚就是一位虔诚的爱猫人，他听说邻居家的猫生小奶猫了，想要领养一只，于是便很郑重地去邻居家下聘礼。是什么聘礼呢？他买了鱼，将鱼精心穿在柳枝上。到了邻居家的时候，他内心是忐忑的，不过结局让他心满意足，他领到了一只小猫。黄庭坚以《乞猫》一诗记下了这件事："秋来鼠辈欺猫死，窥瓮翻盘搅夜眠。闻道狸奴将数子，买鱼穿柳聘衔蝉。"

聘猫礼包含了养猫人对猫咪的尊重和满满的爱，也是我国古人独有的浪漫。

现代与古代，跨越了千年的时光，养猫的方式已发生极大的改变，但养猫人对猫咪的爱却未曾改变。

北宋宰相张商英也爱猫，他家的猫和张之洞家的猫类似，并不总是乖巧；也和陆游家的猫一样，常常不愿意捕鼠，只是喜欢睡大觉。但是张商英一点都不在意，他对自家猫咪的期望和现代人很像，只需要"冬裘共足温"就够了，只要猫愿意黏着他、贴贴他，其他的都不再重要。

猫的珍贵，不仅在于它能捕鼠、会护家，更在于它能安静陪伴。我们与猫，久处不厌。

陆游

风雨大作,
我与狸奴不出门

绍熙三年（1192）十一月四日晚，风雨大作，陆游触景生情，写下了这首《十一月四日风雨大作》：

僵卧孤村不自哀，尚思为国戍轮台。
夜阑卧听风吹雨，铁马冰河入梦来。

就在两年前，已经垂垂老矣的陆游被罢官，负气决意从此不问国事，只关心风月。他给自己的书斋起名"老学庵"，打算心灰意懒过余生。此时，电闪雷鸣，风雨大作，山河残破，老人居于陋室，多么惨烈孤绝。

但先别着急心疼诗人，他还没说完。这首诗还有个不太为人所知的上半段，那便是：

风卷江湖雨暗村，四山声作海涛翻。

溪柴火软蛮毡暖，我与狸奴不出门。

原来这天晚上确实是风雨大作，写诗的背景确实是山河残破，诗人的内心也确实激荡凄凉。但还不至于完全绝望，毕竟还能裹着棉被，烤着火，拥着自家的小猫咪入睡。外面凄风苦雨，猫是这位诗人最后的避难所。可以想象，陆游怀中一定有只慵懒的猫，呼呼出气，给年老的诗人无尽的暖意。

宋朝是猫奴井喷的时代，上至王公贵族，下至平民百姓，都为猫的魅力所折服。

我们在宋朝的传世名画中经常能看到猫的身影，比如北宋画家易元吉的《猴猫图》、传为南宋画家毛益的《蜀葵游猫图》、南宋画家李迪的《秋葵山石图》等。猫蝶和"耄耋"谐音，猫和蝴蝶相伴出现在画作中，是长寿的象征，所以古人多愿画猫蝶图。宋徽宗虽然做皇帝不太擅长，但是画画很在行，传世名作便有《猫蝶图》。

宋朝最高贵的猫当数狮猫了。狮猫是一种长毛猫，有人说狮猫是外来的波斯猫，有人说狮猫是临清本土的长毛猫。狮猫的特点是毛长及地，端坐的时候仿佛一只小型的狮子，贵不可言。《梦粱录》记载："猫，都人畜之捕鼠。

有长毛白黄色者称曰'狮猫',不能捕鼠,以为美观,多府第贵官诸司人畜之,特见贵爱。"据《西湖游览志》记载,秦桧的孙女就养过狮猫,狮猫丢了,秦家还动用了官府的力量去寻:"桧女孙崇国夫人者,方六七岁,爱一狮猫。亡之,限令临安府访索。逮捕数百人,致猫百计,皆非也。乃图形百本,张茶坊、酒肆,竟不可得。"

宋朝时期,宠物市场已经初见雏形,人们可以在都城的市集中买到猫粮和猫窝,有的店铺还提供猫咪美容服务。苏汉臣创作的《冬日戏婴图》中,有两个满脸稚气的小孩正在与顽皮的小猫嬉戏,其中一个小孩手中拿着一根棍子,棍子上缠着红丝,棍子下连着一根羽毛,这就是当时的逗猫棒。

宋代人喜欢研究美食,对猫主子的食物自然也不能怠慢。在宋代,人们发现猫除了捕鼠吃,还喜欢吃鱼。因此,宠物市场上猫鱼是常备货。《东京梦华录·诸色杂卖》中就有记载:"若养马,则有两人日供切草。养犬则供饧糟。养猫则供猫食并小鱼。"但是,猫鱼并不是各地都有卖。南宋诗人陆游去四川任职途中,就想给猫买点猫鱼吃,结果发现当地的鱼虽然便宜,但全是大鱼,没有适合小猫吃的小鱼。(陆游,《入蜀记》:"鱼贱如土,百钱可饱二十口,又皆巨鱼,欲觅小鱼饲猫,不可得。")如果猫咪不爱吃鱼,猫主人还可以在猫食店买到泥鳅。除了小鱼和泥鳅,生活在宋代的猫咪还有特别的猫粮,那就是猪肠。苏谔是苏辙的曾孙。苏谔在外任职期间,有一次让下人去给猫买鱼,没想到,下人买了猪肠回来,还解释说当地都是以猪肠作为猫食。苏谔听后不禁一笑,把猪肠留给自己吃了。(周煇,《清波杂志·猫食》:"客言:苏伯昌初筮长安狱掾,令买鱼饲猫,乃供猪衬肠。诘之,云:'此间例以此为猫食。'乃一笑,留以充庖,同寮从而逐日买猫食。")

生活在爱猫朝代的陆游,成为猫奴不是偶然的,而是祖传的。

陆游的祖父陆佃是位大学者。他在训诂学著作《埤雅》中,考证了"猫"这个字的由来:"鼠害苗而猫捕之,故字从苗。"而且总结了如何挑选一只好猫:"猫有黄、黑、白驳数色,狸身而虎面,柔毛而利齿,以尾长腰短,目如金银及上颚多棱者为良。"

至于陆游有没有按照祖父给的专业建议,去挑选一只好猫,大概是不可考了。但是陆游也有自己独特的癖好,就是给猫起名。在古代中国,猫的雅号有很多,比如衔蝉、昆仑妲己等,虽然高雅,但总觉得少了点烟火气。陆游给猫起的名字是可可爱爱的,比如雪儿。

似虎能缘木，如驹不伏辕。

但知空鼠穴，无意为鱼餐。

薄荷时时醉，氍毹夜夜温。

前生旧童子，伴我老山村。

——《得猫于近村以雪儿名之戏为作诗》

雪儿虽然外表可爱，但对待老鼠却是只狠猫，而且喜欢闻薄荷，一闻就醉。猫确实捉摸不定，上一秒还在屋顶追着老鼠跑，下一秒就能在你怀里撒娇，让你摸它的下巴。这样的反差，着实可爱。

陆游还有只猫叫粉鼻，粉鼻比雪儿战斗力更胜一筹，他还专门写诗"连夕狸奴磔鼠频，怒髯喋血护残囷"表扬它。

陆游家贫，无法像那城中的朱门大户，让家中的狮猫冷了有毛毡睡，顿顿都有荤腥吃。陆游觉得愧对为他兢兢业业扫除鼠患的小猫咪，在诗中写下这样的句子："惭愧家贫策勋薄，寒无毡坐食无鱼。"我自己清苦也就罢了，连为我护书的猫咪都睡不到毡、吃不上鱼，跟着我生活，真是对不住啊。

陆游还写过一首《嘲畜猫》（节选）：

甚矣翻盆暴，嗟君睡得成！

但思鱼餍足，不顾鼠纵横。

　　猫主子吃饱喝足不仅不捕鼠，还在毫无悔意地睡觉。怎么办呢？宠着吧！

　　老鼠不仅是粮食的天敌，还是书画的敌人。对于文人群体来说，书斋就像是他们的理想国，是他们心中最重要的清静宝地，他们在其中作画、写文，让所见所闻、所思所想跃然纸上，而老鼠的啃咬能够毁灭一切成果，所以文人爱猫，因为猫是书画的保护神。

　　然而，在与猫相处的过程中，他们发现了猫更重要的优点——陪伴。一个人在外无论是春风得意还是落魄失意，在猫面前，都只是给自己提供庇护的家人。当他和现实对抗，遍体鳞伤，回到猫的身边时，猫会成为他心灵的慰藉者。

　　所以以陆游为代表的古代文人才会如此爱猫且爱意绵长吧。

司马光

『别人家的孩子』是怎么爱猫的？

1084年，北宋名臣司马光，也就是我们熟知的小小年纪就砸缸救人的司马光，即将走到生命的尽头。作为被写进教科书里的小英雄，司马光早在九百多年前，他生活的时代，就已经成名。他好学强识、沉着机敏，正是现代家长口中"别人家的孩子"。

司马光的一生光明磊落，但是也起起落落。中年时的他因为激烈反对王安石变法，离开朝廷十五年。直到宋神宗病死，年仅十岁的哲宗即位，他才有机会重回朝廷，并为民请命，恳求"广开言路"，此时的司马光已经六十七岁。而如今，他不再是大人眼中那个早慧的神童，也不再是那个意气风发的青年政治家，他明白，自己已经像是一根即将燃尽的蜡烛，面临着油尽灯枯的最终归宿。

他决定写一篇文章。离开朝廷的十五年间，他主持编纂了编年体通史《资治通鉴》。这里面讲述的全都是兴亡存废之事。但这一次，他不关心大人物，也不考虑大历史，他只想要给自己最爱的，并且最感动自己的那位立传——他的老猫，𤡴（shù）。

𤡴，就是黑色老虎的意思，想必它是一只毛皮油光黑亮的猫。

"余家有猫曰𤡴（读shù），每与众猫食，常退处于后，俟众猫饱，尽去，然后进食之。有复还者，又退避之。他猫生子多者，𤡴乃分置其栖，与己子并乳之。有顽猫不知其德于己，乃食𤡴之子，𤡴亦不与较。家人见𤡴在旁，以为共食之，以畜自食其子不祥而痛笞之，弃于僧舍。僧饲之，不食。匿笼中，近旬日，饿且死。家人怜且返之，至家然后食。"

司马光家有不少猫，每次到了开饭的时候，𤡴总是让别的猫先吃，等它们吃饱离去，自己再吃。有些猫觉得没吃饱会再回来吃几口，𤡴依然会谦让它们。𤡴很善良，会帮其他猫带孩子，但是有只猫不仅不感恩，还吃掉了𤡴生的孩子。𤡴自己还没计较，反而被司马光家里人认为𤡴也参与吃了自己的崽，一怒之下就将它遗弃在僧舍。僧人好心喂它，但是它一口都不吃，好似绝食明志。在𤡴奄奄一息之际，家里人可怜它，可能也是明白过来他们冤枉了它,便把它接了回来,它到家之后才开始吃饭。

"家人每得幼猫,辄令虪母之。尝为他猫子搏犬,犬噬之几死,人救获免。及死,余命贮箦中,葬于西园。"

家里人看到了虪的可靠和仁义。从此之后,家里但凡得了小猫,就会让虪代为抚养。虪也尽职尽责,把这些小猫当作自己的孩子来哺育。有一次,为了保护别的猫的孩子,虪和狗打了一架,险些丧命。

这只猫陪伴司马光近二十年的时间,走了之后,司马光将它装在竹箱里,葬在西园,还写文章纪念它。就这样,它的故事永久流传,感动着一代又一代的猫奴。当时不少人养猫的心态是功利的,不会捕鼠的猫和不会看门的狗一样,毫无价值。追求"有用"似乎是人的天性。人类驯化狗是为了看家,驯化马是为了打仗,驯化牛是为了耕田,驯化鸡是为了食肉。那么猫有什么功用呢?驯化猫自然是为了捕鼠。当这些动物失去了原有的功用时,等待它们的结局往往是被抛弃。然而,司马光不愿意这样做。年老的虪已无法捕鼠,司马光就亲自喂养它,直到它去世。

在这篇追忆性质的文章最后,司马光提到了"昔韩文公作《猫相乳说》"。这里,我们需要提一下这篇文章。在韩愈写这篇文章之前,文献中关于猫的记载,猫或是被奉为神或是被述为鬼,而在韩愈的这篇文章中,他关注了猫本身，以猫的行为阐述道德观。这是一种全新的角度，此后，众多大儒纷纷以"猫相乳"为视角做文章。

韩愈在《猫相乳说》中写道："司徒北平王家，猫有生子同日者，其一死焉。有二子饮于死母，母且死，其鸣呦呦。其一方乳其子，若闻之，起而若听之，走而若救之，衔其一置于其栖，又往如之，反而乳之若其子然。噫，亦异之大者也！"大意是说，在北平王马燧家里，有两只母猫在同一天产子，一只母猫不幸断了气，但它的两只小猫仍在吃奶，死去的母猫没有乳汁，小猫着急得哭泣。另一只也正在哺乳的母猫，听到小猫的哀叫声，不仅喂饱它们，还叼回去继续抚养。啊，这真是奇怪的事呀！

韩愈认为，猫之所以有这样的义举，是因为生活在有德行的人家里，被家里人感化："夫猫，人畜也，非性于仁义者也，其感于所畜者乎哉！"而司马光则对这种说法持反对意见，他认为，动物的美德不是受人感化而来，而是天生具备："仁义，天德也。天不独施之于人，凡物之有性识者咸有之，顾所赋有厚薄也。"并且，他以自家猫咪的义举谴责了那些不知仁义的人："人有不知仁义，贪冒争夺，病人以利己者，闻䴔所为，得无愧哉！"

读完司马光的《猫䴔传》，我们或许很难相信这是在描述一只猫，不过仔细想想，这并不奇怪，猫也分好猫坏猫，很多猫就是看似冷漠疏离，实际上却有情有义，它们比我们想象中的更有温度。

司马光在《资治通鉴》中记述了唐朝女皇武则天称帝之后的光景，其中有一段与猫有关。公元692年，武则天在宫中让猫和鹦鹉一起玩耍，众多大臣在一旁观赏，这时候令人意想不到的事情发生了，猫一口把鹦鹉吃掉了："太后习猫，使与鹦鹉共处，出示百官。传观未遍，猫饥，搏鹦鹉食之。太后甚惭。"差不多40年前，在宫斗中胜利的武则天为了求个心安，下令宫中不得养猫。差不多半个世纪之后，猫和鹦鹉又作为祥瑞出现在了宫廷中，想必，这时候的武则天不会因为这一件事就恐惧害怕，再来一次禁猫令。毕竟，几十年过去，武则天已经很有成熟政治家处变不惊的风范。因此司马光也只写道："太后甚惭"，并没有别的渲染。

朱厚熜

『猫奴』皇帝，不止我一个

1560年，明朝第十一位皇帝嘉靖皇帝朱厚熜深爱的"霜眉"死了。

这死去的"霜眉"并不是皇帝身边鞍前马后的忠臣，也不是和皇帝心心相印的爱妃，而是——一只猫。

明朝宫中养猫到了登峰造极的地步，而且有专门养猫的机构，叫作猫儿房。明代宦官刘若愚在《酌中志·内府衙门职掌》中这样记载："猫儿房，近侍三四人，专饲御前有名分之猫。凡圣心所钟爱者，亦加升管事职衔。"也就是说，猫儿房由三四名太监组成，他们负责照顾猫咪，除此之外，他们还要从宫猫中选出较好的推荐给皇帝。带薪撸猫，是不少爱猫人梦寐以求的工作。"霜眉"这只猫就是猫儿房给皇帝挑选的。

其实，明朝宫中养猫始于明太祖朱元璋。朱元璋把猫咪引到宫里来，用意不是陪伴自己，而是让皇子皇孙们跟着猫咪学习男女之事，以便日后为大明延续香火。① 猫咪也凭借自己的本事征服了一代又一代的皇帝，在宫中扎下根来。

嘉靖皇帝信奉道教，痴迷方术。皇帝这个级别的信徒，所做之事并不仅仅是读读《道德经》或者拜拜太上老君这么简单，嘉靖皇帝主要的修炼方式有两种，一种是炼丹，另外一种就是斋醮。炼丹是为了长生不老，得道升仙，而斋醮是为了祈福纳瑞，保佑社稷。

电视剧《大明王朝1566》用戏剧化的手法表现出了嘉靖皇帝对炼丹有多么狂热，他甚至把炼丹的实验室搬到了自己的卧室里，经常和得道高人切磋炼丹心得，改进丹药配方。

嘉靖二十一年（1542年），嘉靖皇帝要炼丹了。这次的配方非比寻常，包括宫女的月信之血。嘉靖皇帝本就性格急躁，对待宫人十分严苛，动不动就责罚她们，宫人都很惧怕他。② 在服食丹药之后，性情越发暴烈且喜怒无常。

---

① 明代《禁御秘闻》中记载："国初设猫之意，专为子孙长深宫，恐不知人道，误生育继嗣之事，使见猫之牝牡相逐，感发其生机。又有鸽子房，亦此意也。"

②《明宫词》中记载："世宗性下，待宫人多不测，宫人惧。"

年轻的宫女不仅要服侍君王,还要被用来炼制丹药,受尽摧残和凌辱。终于有一天,她们不堪忍受,于是决定趁着月黑风高,将皇帝杀死。十月二十一日夜里,嘉靖皇帝留宿宠妃曹氏宫中。趁他熟睡之际,十六名宫人按照约定,一拥而上,将嘉靖皇帝牢牢按住,之后,其中一名宫女将绳子套在了他的脖子上。结果,因为过于紧张,她将绳子打成了死结。共同参事的一名宫女见事情不妙,害怕祸及己身,偷偷跑去告密。这才让嘉靖皇帝死里逃生。[1]

"我见过的人越多,我就越喜欢猫。"

这是嘉靖皇帝的心声,和人相处太危险,唯有霜眉能让他放松快活。霜眉在和嘉靖皇帝生活了一段时间之后,完全适应了他的生活起居:嘉靖皇帝伏案工作的时候,它就在一旁静静地卧着;嘉靖皇帝就寝的时候,它不离左右;当嘉靖皇帝起身或者出门时,它就在前面当向导。和所有的帝王一样,嘉靖皇帝疑心很重,最开始他觉得霜眉的乖巧可人很不寻常,世人都说猫的性情难以揣测,怎么可能有这么善解人意的猫。可是,日久见"猫"心,嘉靖皇帝被霜眉始终如一的忠勤之心打动了。

---

[1]《明史·后妃传·世宗方皇后》中记载:"是夕,帝宿端妃宫。金英等伺帝熟覆,以组缢帝项,误为死结,得不绝。同事张金莲知事不就,走告后。后驰至,解组,帝苏。"

如此乖巧忠诚的霜眉去世，让嘉靖皇帝悲伤不已。他命人给霜眉打造了一副金棺材，择日下葬。那天，皇城内魂幡飞扬，哀声不绝，一大队人马护送着霜眉的金棺，长途跋涉了好几个小时，终于来到了嘉靖皇帝为霜眉指定的风水宝地——万寿山。嘉靖皇帝御赐给霜眉的坟墓一个贵不可言的名字——"虬龙冢"，一代名猫长眠于此，生前锦衣玉食，死后荣光无限，为自己的猫生画上了一个圆满的句号。

不过，在悲痛欲绝的嘉靖皇帝心中，这事还远远没有结束。他不仅要厚葬霜眉，还要给霜眉做法事，使它的亡灵脱难超升。于是，他下令举办一场别开生面的作文大赛，文体不限，字数不限，主题只有一个，就是"祭奠霜眉"。大臣们有点犯愁，歌颂名士倒是拿手，但是以动物为主题写祭文还真是有点不太熟。有一位名叫袁炜的大臣大笔一挥，写道：陛下不要太伤心，因为霜眉已经"化狮成龙"了！

在众多平庸的祭文中，这句"化狮成龙"让皇帝眼前一亮——写得太好了，官加一等。无数前人的例子表明，一个人升官要么靠学问，要么靠人脉，要么靠资历。袁炜做梦也没想到，就因为"化狮成龙"这四个字，他直升吏部侍郎，再火速入了内阁，和宰相平起平坐，火箭般的晋升速度可谓前无古人。

而所有的好运气，都是因为一只猫。

坚持吸猫，坚持不上朝的嘉靖皇帝在六十岁的时候去世了。朱厚熜并不算一个长寿的皇帝，不过跟历史上其他热爱炼丹和服用丹药的同行相比，他算是活得久的。或许，吸猫延长了他的寿命。

明朝不止一个皇帝是猫奴，明仁宗的儿子明宣宗也是。

作为明朝第四位皇帝，明成祖朱棣的长子，明仁宗朱高炽的存在感并不是很强。中国皇帝这种高危职业，平均寿命在四十岁，可是明仁宗在四十七岁的时候才承继大统，算是高龄皇帝，而他在位仅十个月就因病去世了。

明仁宗体形肥胖，但是为人忠厚，在朝臣中人缘极好。他虽在位不到一年，却实施仁政，为"仁宣之治"打下了十分稳固的基础。明宣宗朱瞻基继位后，最终实现了为后人津津乐道的"仁宣之治"，开创了经济繁荣、政治清明的盛世图景。

明宣宗擅长书画，所以，他不仅喜欢养猫，还喜欢画猫。目前已知的传世绘画作品中，由我国古代帝王所绘且以猫为主题的，只有宋朝的宋徽宗和明朝的明宣宗的作品。其中，明宣宗的画作还不少，较知名的有《花下狸奴图》《壶中富贵图》《五狸奴图》。《花下狸奴图》现存于台北故宫博物院，纸本设色，图中绘有湖石、野菊，还有两只在美景中嬉戏的猫儿。看两只猫咪栩栩如生的样子，明宣宗平时一定没少吸猫。可以想象，这两只猫一定给这位大明皇帝带去了不少欢乐，它们时而在花丛中溜达，时而躺在老地板上晒暖，有时还会跳上明宣宗的大腿小眯一会儿。三百多年之后，朱瞻基的这幅《花下狸奴图》流转到了另外一位帝王——乾隆皇帝手中。他大笔一挥，题诗一首：

湖石秋花庭院间，一双狸奴踞茵跧。
不为登局乱棋盘，何弗捕鼠坡翁讪。
分明寓意于其间，而乃陈郭拒谠言。
责人则易责己难，复议此者何能删。

古人喜欢用猫鼠论述治国之道，将猫比喻为君主或德行兼备的官吏，将鼠比喻为于国于民不利的人或现象。乾隆在这首诗中也使用了此种寓意，并借用了"杨贵妃用小狗扰乱棋局"和"苏东坡用猫鼠劝谏宋神宗"这两个典故，说明为君为臣都应尽责。在明宣宗所绘猫画中，此种寓意也有体现。

一天，明宣宗处理完政事，匆匆吃完了御膳房提供的工作餐之后，便来到花园中散步。园中的小猫引起了他的注意，明宣宗命人笔墨纸砚伺候，一口气足足画了七只形态各异的小猫，并且，令内阁辅臣杨士奇撰写跋文。

杨士奇自然不敢怠慢。这画中，皇帝画的是猫吗？皇帝画的也是他自己啊！皇帝让他写的只是猫吗？当然不是，皇帝让他写的是君臣之道。于是，杨士奇写了三首诗来夸赞画中的猫。他在第一首诗中写"静者蓄威，动者御变"，在第三首诗中写"乐我皇道，牙爪是司"，表面上是夸赞猫，实际上是称赞明仁宗，并表明自己做称职臣子的忠心。这三首诗在清代陆时化的《吴越所见书画录》中有记载。

明宣宗喜欢画猫，也喜欢将猫画赠送给臣子。他将《壶中富贵图》赐给了杨士奇，杨士奇做了一篇长长的跋文，其中有一句是："君臣一德，上下相孚，朝无相鼠之刺，野无硕鼠之呼，则斯猫也。"意思是说，君臣一心，恪尽职守，国家才没有祸患。明宣宗以猫画勉励臣子，杨士奇则以跋文回应君王，表明决心。

杨士奇当朝四十余载，先后辅佐多位帝王，深受器重。这位超长待机的政治家，应该也会感激猫咪的助攻之恩吧。

到了明朝晚期，宫廷中养猫风气有增无减。明世宗嘉靖皇帝朱厚熜的孙子，大名鼎鼎的万历皇帝朱翊钧也是一位资深猫奴。"红罽无尘白昼长，丫头日日侍君王"，这里天天陪伴皇帝的"丫头"不是指某位姿色艳丽的宫娥，而是万历年间宫中的小母猫——又是一个没有猫暖床就睡不着觉的猫奴。

万历皇帝自重臣张居正去世之后，就无心过问政事，坚持近三十年不上朝，每天沉迷于酒色，以及吸猫。跟独宠霜眉的爷爷相比，万历皇帝就博爱许多，他养了许多猫，并且不限制猫咪的活动。这些猫在宫中四处乱窜且胆子很大，遇到皇子皇女也不避让，反而扑上前去嗅闻，导致幼小的孩子受惊抽搐，落下病根，甚至夭折。

不过万历皇帝并不是很在意猫带来的负面影响。

《万历野获编·补遗》中记载："又猫性最喜跳蓦，宫中圣胤初诞未长成者，间遇其相邁而争，相诱而嗥，往往惊搐成疾。"

明朝皇帝中有爱养小猫的，还有爱养大猫的，他就是明武宗朱厚照。朱厚照还特意在紫禁城西北建了一处"豹房"。明朝皇帝喜欢养动物，所以豹房并不是稀罕物。然而，朱厚照的豹房却显然规模不一般，它更像是一个集多种功能于一身的综合性场所。后来，朱厚照干脆搬到豹房居住，一边处理朝政，一边纵情享乐。豹房里养有老虎和豹子，历史上还有朱厚照搏虎的记录。

皇帝爱猫，猫的伙食自然是极好的。弘治初年，乾明门养着十二只猫，这十二只猫一天就要吃掉四斤七两的猪肉和一副猪肝。[①] 如果明朝皇帝穿越到现代，一定是在购物车里塞满猫罐头的那种人。

皇帝爱猫，也影响了当时的纹饰创作，瓷器上也出现了以猫为主角的图案。2016年，明万历年间的五彩群猫图花棱形盖盒被拍出了790万港币的高价。这个小盒子只有15厘米高，上面却画了不少猫，个个神情灵动，活泼可爱。

如果说宋朝时期，文人以仪式感表达出对猫咪的尊重，那么明朝时期，皇帝们则将猫推至最高的位置，给了它们史无前例的荣耀。这些大明皇帝或许都会同意，从来没有哪一种动物能像猫一样如此牵动他们敏感的神经，以致他们做出了许多看起来荒唐的举动。但是，猫从来都不是王朝走向衰亡的原因，让王朝由盛而衰的只能是人。

[①] 明代徐复祚《花当阁丛谈》中记载："乾明门养猫十二只，日饲猪肉四斤七两、肝一副。……此弘治初年事，正德中不知增几倍。"

文徵明

爱猫,
以『笨小孩』的方式

说到明代画家文徵明，很多人可能不太熟悉。不过说到他的发小，很少有人会不知道，那就是唐寅——唐伯虎。

1470年，正是大明宪宗朱见深在位的第七年，此时距离心学大师王阳明出生还有两年，距离西方大画家米开朗琪罗出生还有五年。在这一年，富庶的苏州城中有两个小婴儿出生了。一位是在和煦的春风中呱呱坠地的男婴，叫唐寅，字伯虎，就是为后人所熟知的唐伯虎。同年的初冬，在寒风呼啸中又诞生了一位男婴，便是文徵明。这一年，吴门画派的创始人沈周四十四岁，在多年之后，沈周会和他们产生交集，那便是成为他们的老师，也成为塑造他们艺术观的重要人物。

唐寅和文徵明两个人，虽然日后同为"江南四大才子"，但是一个在春天出生、一个在冬天出生，性格、作风截然不同。唐寅个性浪漫，颇有魏晋名士的风度，嬉笑怒骂，不拘小节，是那种"你给我钱，我可以一本正经地给茅房写对联，拿了钱，我就高高兴兴去喝酒"的人。而文徵明则个性沉稳内敛，庄重到"憨"。明代《蕉窗杂录》中记载了这样一个著名的段子：唐寅请文徵明在内的几位友人在湖上喝酒玩乐，为了捉弄下老友，他悄悄藏了几位歌伎在船上。待到酒过三巡，文徵明已经微醺，唐寅突然叫出几位艳丽女子出来敬酒。文徵明非常窘迫，他不愿意被这些女子缠住，差点儿跳湖。最后，他不得不叫了一只小船离开。

唐寅和文徵明在天资上也有着天壤之别。唐寅天赋异禀，他原本无意于仕途，为实现父亲的遗愿才参加科举考试，只复习了一年，只考了一次，就得了乡试第一名。唐寅的友人、明代书法家祝允明称赞他"性绝颖利，度越千士"。文徵明则天生晚慧，据传，他六岁才会走路，十来岁才会说话，是不折不扣的"笨小孩"。从青年到中老年，他参加了九次乡试，每次都是无功而返。然而，很多方面的不同却并未影响他们成为彼此极重要的朋友。

文徵明善于画画，深得老师沈周的真传。但是在初次见面的时候，沈周是不愿意教他的，因为他这样的学子应一门心思地准备科考，不应将精力花费在绘画这样的事情上。不过文徵明就是想学，几次上门恳求，终于在二十六岁的时候，正式拜师沈周。

时间倒流回1471年，这两个男婴刚刚一岁的时候，沈周搬入了新家——"有竹居"，从他所绘的《竹林茅屋图》，我们可以看到有竹居处在一处宽阔的清幽之地，妥妥的中式田园风格。这有竹居里一切都很好，唯独老鼠有点多。沈周以诗句"鼠辈纵横到枕边"来形容鼠之猖獗。幸好，有"乌圆"在。

乌圆是一只忠心耿耿的猫，在沈周家多年。沈周对它也非常优待："堆床图籍任纵横，所贮肴核无不足。"（沈周：《失猫行》）猫主子喜欢奔跑跳跃，这没关系，还是要好喝好吃伺候着。沈周还将乌圆封为大将军，可见乌圆战功赫赫。乌圆如果能说话，一定会对老鼠说："就喜欢你看不惯我，又干不掉我的样子。"

然而，后来，乌圆突然走丢了，再也没有回来。原因是什么呢？可能是嫌弃家里活儿太多，给的吃的又少吧："劳多饲缺忽他走，浑舍惊呼讵能复。"乌圆走后，沈周常常半夜被老鼠肆虐的声音惊醒，辗转反侧的他百感交集："拥衾夜半憎嘟声，令我不眠百感续。伍胥刭目吴终泯，九龄见废唐中覆。古来世事无不然，欹枕西风落高木。"

在六十八岁那年,已经将生命全部的精神都注入田园生活的沈周,画了一册《写生册》。在这个系列里,有蓬勃舒展的玉兰花,有可爱古朴的鸽子,有侧身啄米的鸡,他神来一笔,还画了一只奇特的猫。这只猫乌黑浑圆,圆到不能再圆,像是西瓜一样,咧着嘴巴似笑非笑,基本上看过一次就不会忘。或许这样圆滚滚的乌圆大将军,也经常出现在年老沈周的梦中,给他甜蜜,又令他惆怅。

有书,有画,难免会招来老鼠。后来因为诗、书、画、文无一不精,被称为"四绝"的文徵明也有和老师一样的烦恼,那不妨养一只猫。

前文提到过,古人想要领养一只猫,需要"聘猫"。文徵明为了拥有一只猫,也恭恭敬敬地写了一篇名为《乞猫》的领养申请书:

珍重从君乞小狸,女郎先已办氍毹。
自缘夜榻思高枕,端要山斋护旧书。
遣聘自将盐裹箬,策勋莫道食无鱼。
花阴满地春堪戏,正是蚕眠二月余。

这首诗的大意是:"拜托拜托了,把你家的小猫给我一只吧。我家的娘子已经把绣花的毯子都准备好了。我多么期望从此能睡个安稳觉，书斋里的书籍不要再被老鼠祸害。我会带着盐前去下聘，并且我已经给小猫备好了鱼。而且我家环境很好的，春天的时候花满地，小猫在院子里疯玩，玩完了可以睡大觉。我一定会对它好的，请把猫给我吧。"

文徵明还画过一幅《乳猫图》，题款处有"小斋近失猫，苦鼠辈作孽，闻浒该家有乳猫，写此并画聘之"的字样。看来，这幅画也是求猫的聘礼。画中的小猫是一只狸花猫，看起来像缩小版的老虎，威风凛凛的。2006年的时候，这幅画以16.5万元的价格拍出。

早年，文徵明被视为"笨小孩"，不被人看好，唯独他的父亲说："儿幸晚成，无害也。"文徵明果然如他父亲所言，后发制人，终成为一代宗师。哪怕是晚年已经归居，求字求画者仍然络绎不绝。在享有盛名之后，他仍没有停止学习。正是这样谦逊、勤奋的精神使得当初那个"笨小孩"成了书画大师。

嘉靖三十八年（1559），文徵明去世，享年九十，这一年距离唐寅离世已过去三十五年。唐寅一生佳作很多，关于他画猫，还有一则趣闻。据说，有一年春天，唐寅带着书童到寺庙中借宿。结果，睡得正香时，他被被子上的几只老鼠惊醒了。唐寅很生气，于是带着书童来到大雄宝殿,在殿壁上大笔一挥,绘出一只想要向下跳的虎斑猫。第二天凌晨,方丈来到殿中,看见一只猫正要从高处跳下来,仔细一瞧,才发现那猫在画中。此后,寺中再也没见过老鼠了。近不惑之年时,唐寅修建了他的桃花庵。他在桃花庵里种树、栽花、养鱼,还养了一只喜欢吸薄荷的猫。

师徒三人,殊途同归,最终都选择在一处有山有水、有猫有竹的地方,与书画相伴,体会到了真正的人生之乐。不为名利所困,方能体悟真正的自由和自在。

给猫起名,
别再只会叫『咪咪』啦

乾隆

如果穿越回古代，你家猫咪的雅称是什么呢？

如果你有一只纯黑色的猫，那还是生活在我国古代比较幸福，因为在欧洲中世纪，猫，尤其是黑猫被格外敌视，人们将黑猫看作魔鬼的化身、女巫的助手，残害黑猫被认为是除恶扬善，保护人类自身。而我国古人对黑猫的看法和欧洲大不相同，我国古人认为黑猫是祥瑞的化身，具有辟邪的作用。黑猫有很好听的雅称，叫作"玄猫"，也叫作"啸铁"。玄为赤黑色，所以"玄猫"的意思就是赤黑色的猫。在古代，铁是重要的战略物资。铁器往往给人坚硬、冷冽之感。纯黑的毛色配上矫健的身姿，让猫不可捉摸的气质发挥到了极致。用"呼啸的铁器"来形容神秘威风的黑猫再合适不过了。

如果你的猫是一只白色的猫，那在我国古代一定很受宠爱。白猫在古代有一个非常好听的雅称，叫作"尺玉"，意思是一尺长的白玉，十分符合白猫优雅的形象。玉为非常贵重的器物，古人用这样的比喻来形容白猫，足以表明白猫的珍贵。白猫还有一个雅称，叫作"宵飞练"，意思是黑夜中飞过的丝绢。听到这个雅称，白猫那轻盈的身姿一下子就出现在了我们的脑海中。

橘猫是互联网时代的"顶流"，因为它爱吃、憨厚还好养。据说，橘猫是目前已知的，第一种被人工繁育的猫。所有的猫在最开始的时候，都和它们的野生祖先一样，拥有鲭鱼状的青黑条纹，这样可以在自然界中很好地保护自己，而橘色无疑太显眼，不利于自保。不过古埃及人发现了橘色的猫，认为这种猫的皮毛与太阳的颜色相似，于是有意识地繁殖橘猫，用来献祭。

我国古人可不想让橘猫成为祭品，而是想让橘猫长久地陪伴在自己身边。他们还给它起了一个贵不可言的名字，叫"金丝虎"。不过这个美称只有通身纯黄色、没有条纹的猫才可以拥有。由于基因的影响，橘猫里面公猫较多，母猫较少，我国古人也总结出了"金丝难得母，铁色难得公"这样朴素的规律。

《相猫经》中认为，论毛色，纯色的猫比杂色的猫好。纯色的猫中，纯黄猫是上上品，其次是纯白色的猫，再其次是纯黑色的猫。狸猫中狸色纯正的也不错。

　　常见的黑色毛夹杂一些白色毛的猫，被现代人普遍称作"奶牛猫"，而在古代，它们却被赋予了不同的雅称。

　　全身黑色唯独尾巴是白色，这样的猫咪叫作"墨里藏针"，也叫"昆仑妲己"。后唐琼花公主有两只爱猫，其中一只就叫作"昆仑妲己"，是一只浑身黑色，唯独尾巴是白色的猫。而她还有一只猫叫"衔蝉奴"，这种猫嘴上有花纹，好像衔着蝉一样。古书中也常常将"衔蝉"作为猫的代称。全身都是白毛，头顶有黑斑，尾巴是黑色的猫咪，叫作"鞭打绣球"。如果浑身都是白毛，只有头顶有一撮黑毛，则叫作"将军挂印"。如果浑身都是白毛，背上有一撮黑毛，则叫作"将军负印"。如果身上是白的，只有尾巴是黑的，就叫作"雪里拖枪"。有一种猫叫"乌云盖雪"，这种猫的肚子、腿和小爪子是白色的，身上是黑色的。戴着"白手套"的黑猫叫"踏雪寻梅"，古人也把它们叫作"雪里钻"。

　　还有一种常见的猫，是白色、黑色和黄色毛相间的，一般被现代人称作"玳瑁猫"或者"三花猫"。古人也将这种花色的猫称作"玳瑁猫"。不过，他们将玳瑁猫细分了一下，称全身黑黄相间的为"滚地锦"，白底、玳瑁花色集中在头背部的为"吼彩霞"。在古代，玳瑁猫象征着吉祥如意，很受欢迎。明宣宗的《壶中富贵图》中，仰头望着花朵的猫就是玳瑁猫。南宋毛益（传）的《蜀葵游猫图》中，也有一只小玳瑁猫正与别的小猫嬉戏。

说到这里大家可能会发现，我国古人给猫取名，主要就是看它的毛色或者花色，并不是像现代人一样叫它们的品种，比如英国短毛猫、美国短毛猫、中华田园猫、狮子猫等。这是因为在古代中国，很长一段时间内，并没有英国短毛猫、美国短毛猫、暹罗猫等品种，或许偶尔会有外邦进贡，也仅仅是宫内的宠物，一般人难以得见，更谈不上普及。我国古人养猫还是以中华田园猫为主，以临清狮猫为贵，所以以毛色来命名更实际一些。

说完了古人给猫取的雅称，再来说说古代铲屎官给自家猫咪起的名字。

现代铲屎官给猫起名，主要看是否顺口，哪怕是名人也不能免俗，很多文豪家里的猫都叫"咪咪"。然而，在古代，名字是极为重要的，就算给猫起名也马虎不得。所以，古代猫咪的名字都既形象又文雅。

对于养猫的人来说，丢猫是一件大事，古往今来都是如此。在《清异录》中记载了一则寻猫启事，就是住在京城的一户人家，正心急如焚地张榜找寻自家的白猫，这白猫的名字很雅致，叫"白雪姑"："余在辇毂，至大街，见揭小榜曰：虞大博宅失去猫儿，色白，小名'白雪姑'。"

中国历史第一档案馆曾展出清代宫猫宫犬档案，让我们惊奇的是，清代的紫禁城里不仅养猫养狗，而且还很精细。在这份公布于世的档案中，记载了道光年间紫禁城内所养宠物猫和宠物狗的名字，以及出生和死亡日期。我们看到宫中的猫咪也有很好听的名字：有用植物命名的，比如"灵芝""金橘""秋葵""芙蓉"；有用威风凛凛的猛兽给小猫咪命名的，比如"金虎""银虎""玉虎"，大概这些猫咪在打斗的时候敏捷矫健，威猛如虎；还有按公母命名的，比如"金妞儿""花郎儿"等。

大明皇帝几乎都是猫奴，所以清宫内的猫咪，保不齐也有不少是当年明代宫猫的后代。清代早期的皇帝普遍偏爱狗，雍正皇帝更是爱狗狂人，而他的儿子乾隆皇帝则是一个不折不扣的猫奴。

1744年，意大利使者给乾隆皇帝进贡了一只罕见的薮猫，这是一种驰骋在非洲大草原上的绝美的猫科动物，体格精瘦，耳朵大大的，棕黑色的斑点在阳光下闪烁着华美的光泽。乾隆皇帝对这只进贡来的大猫宠爱有加，选中了一款北宋汝窑的瓷器做猫食盆，还配了个紫檀木底座。目前，与此猫食盆同款的北宋汝窑莲花式温碗是台北故宫博物院的宝贝之一。既然乾隆养了很多猫,自然就有很多猫食盆。据《各作成做活计清档》记载,从乾隆元年(1736)到乾隆四十四年(1779),乾隆在执政的近五十年时间中,命人制作了超过12件猫食盆,多数都为汝窑打造。不愧是我国爱猫名人中有钱任性的典范。

乾隆皇帝爱猫不只是为猫花钱,他的爱猫都有很好听的名字,而且有自己的肖像画。

宫廷画师艾启蒙,奉乾隆之命,给宫中的猫咪彩绘了一套肖像画,叫《狸奴影》。该套画册共十幅图,每张图上都写有满汉双文的猫咪名字,分别是:采芳狸、翻雪奴、飞睇狸、涵虚奴、苓香狸、妙静狸、普福狸、清宁狸、仁照狸、舞苍奴。

这些名字各有寓意,比如,"清宁"就取自《道德经》中的"天得一以清,地得一以宁",象征着清平宁静,看清宁卧着的样子稳如泰山,想必是一只安静稳重的猫咪,不争不抢,自有气度;再比如,"仁照"寓意着仁德的光芒普照,仁照是一只长毛猫,应该也是一只憨厚亲人的猫,给人向善的能量。

十只猫,有的雍容华贵,有的乖巧喜人,栩栩如生。托乾隆的福,我们现今仍能够一睹当年宫猫的风采。

仔细观察《狸奴影》中的猫,我们会发现,里面长毛猫不少，除了"翻雪"看起来有点卷耳，像是进贡的猫，其余的长毛猫大概率都是名贵的临清狮猫。

1765年，乾隆南巡江南途经临清，随驾而行的容妃因为舟车劳顿，吃不进去饭，乾隆皇帝非常着急，宣了御医来看诊，依然没有效果。这时，一位大臣前来觐见，并带来了一只全身雪白，头顶有一团黑毛，长着蓝黄色鸳鸯眼的猫。这就是大名鼎鼎的临清狮猫了。容妃得了猫之后，非常欢喜，抑郁烦闷消了一大半。乾隆知道之后也很高兴，便说，好一只雪中送炭的狮子猫。自此，当地人就把全身雪白，头顶有一团黑毛的猫称作"雪中送炭"。

看来，古人给猫起名真的花了心思，有内涵，有意境，最重要的，还是有爱啊！

老舍

写作、种花、撸猫，人生有趣

如果老舍先生没有成为作家，那他或许会成为一个不错的园丁。见过老舍的不少人都说，老舍极其爱花，汪曾祺在散文《老舍先生》中说，老舍到了爱花成性的地步。在那个明亮开阔的丹柿小院，到处都是花，这些花是他和夫人胡絜青一盆盆养起来的。

那么，老舍先生家里到底有多少盆花呢？足足有几百盆。原来，老舍和夫人每次搬花都能搬出一身热汗不是没有原因的。

不过老舍认为，养花既可劳动身体，又可增长见识，其实是一件充满乐趣的事，并无辛苦之感。

比起养花，有一件事老舍更加上心，那就是养猫。

1924年，年轻的老舍起程去往英国伦敦，彼时他还是个名叫舒庆春的教员，还没有"老舍"这个笔名。他就职于伦敦大学亚非学院,教外国人学中文,同时开始了文学创作。在伦敦的五年时间里,他创作了三部长篇小说,分别是《老张的哲学》《赵子曰》和《二马》。他开始以"老舍"为笔名发表文章。

初入文坛之时,老舍没有想到自己日后会成为文坛巨擘,他更没有想到,自己日后会成为一个彻彻底底的猫奴。

在英国当教员的时候,老舍就喜欢观察伦敦的社会生活。他发现英国人很有意思,不但爱花,更爱猫狗之类的宠物。他在文章中说,喜欢花草是种雅兴,这点我们中国人觉得可以理解,也很认同。

"由一个中国人看呢,爱花草是理之当然,自要有钱有闲,种些花草几乎可与藏些图书相提并论,都是可以用'雅'字去形容的事。就是无钱无闲的,到了春天也免不掉花几个铜板买上一两小盆蝴蝶花什么的,或者把白菜脑袋塞在土中,到时候也会开上几朵十字花儿。在诗里,赞美花草的地方要比谀颂美人的地方多得多……"[1]

但对养猫养狗,我们却往往不能理解。

"一提到猫狗和其他的牲口,我们便不这么起劲了。

---

[1] 老舍:《英国人与猫狗》,《老舍散文》,人民文学出版社2022年版。

中国学生往往给英国朋友送去一束鲜花，惹得他们非常的欢喜。可是，也往往因为讨厌他们的猫狗而招得他们撅了嘴。中国人对于猫狗牛马，一般的说，是以'人为万物灵'为基础而直呼它们作畜类的。正人君子呢，看见有人爱动物，总不免说声'声色狗马''玩物丧志'。一般的中等人呢，养猫养狗原为捉老鼠与看家，并不须赏它们个好脸儿。那使着牲口的苦人呢，鞭子在手，急了就发威，又困于经济，它们的食水待遇活该得按着哑巴畜生办理。于是大概的说，中国的牲口实在有点倒霉，太监怀中的小吧狗，与阔寡妇椅子上的小白猫，自然是碰巧了的例外。"[1]

老舍来教书的时候，距离1871年首届伦敦水晶宫猫展已经过去了差不多五十年的时间，英国人对猫的喜爱与日俱增。在伦敦居住的五年间，老舍是见过英国人怎么养猫的。他们对猫"爱得过火"。

"猫在动物里算是最富独立性的了，它高兴呢就来趴在你怀中，罗哩罗嗦的不知道念着什么。它要是不高兴，任凭你说什么，它也不搭理。可是，英国人家里的猫并不因此而少受一些优待。早晚他们还是给它鱼吃，牛奶喝，到家主旅行去的时候，还要把它寄放到'托猫所'去，花

---

[1] 老舍:《英国人与猫狗》,《老舍散文》,人民文学出版社2022年版。

不少的钱去喂养着；赶到旅行回来，便急忙把猫接回来，乖乖宝贝的叫着。及至老猫不吃饭，或把小猫摔了腿，便找医生去拔牙、接腿，一家子都忙乱着，仿佛有了什么了不得的事。"[1]

老舍出身于北京的贫苦家庭，他的父亲作为守城士兵在八国联军攻打北京的战争中阵亡，母亲靠给人缝补浆洗衣服维持生计，日子过得非常艰辛。当时，多数人的日子都过得非常艰辛。对于穷人家来说，养猫若不是为了捕鼠，那就是一种浪费——人都还吃不饱，别说拿牛奶和鱼去喂猫了。所以，当时的人家即使想要像英国人那样宠猫，也是无力实现的。

1929年，老舍离开伦敦，周游欧洲然后取道新加坡回国。其间，他曾经坐过一次法国游轮。在游轮上点菜时，他看不懂法文菜单，便随便点了菜，后来才知道，吃进口的竟然是猫肉。在三十年后的文章中，老舍提到了这段经历。

"也记得三十年前，在一艘法国轮船上，我吃过一次猫肉。事前，我并不知道那是什么肉，因为不识法文，看不懂菜单。猫肉并不难吃，虽不甚香美，可也没什么怪

---

[1] 老舍：《英国人与猫狗》，《老舍散文》，人民文学出版社2022年版。

味道。"①

  三十年后写文章的老舍已成为猫奴；但当时，猫对于老舍来说，只是一种互不相干的物种，并无任何特别之处。

  回国后，老舍先生在济南的齐鲁大学任教。1931年，他和夫人胡絜青成了家。1933年的时候，他们有了第一个女儿，因为女儿出生在济南，所以给她起名为舒济。在济南的家里，有花，有井，老舍竟然还养了一只猫。

  这个小猫是老舍从幼猫就开始养了的。有一天雨后，院子里出现一只受了伤的小麻雀，老舍知道家里有猫，担心猫会把小麻雀给扑死或者一口吃掉，就趁着小猫没在院里的时候，去厨房拿些饭粒。没想到，等他返回时，小鸟已经在小猫的嘴里了。小猫叼着小鸟跑来跑去，老舍只能跟在它后面追来追去。所幸，小猫那时候才四个月大，从来没有捉过老鼠，只有跟小麻雀玩闹的心思，全无吃掉它的想法。小鸟从躲着的铁筒里突然出来，反倒把小猫吓了一跳。

  养了猫之后的老舍先生，或许可以理解为什么英国人会对猫极尽宠爱。

---

① 老舍：《猫》，《老舍散文》，人民文学出版社2022年版。

老舍家的这只猫名字叫"球",每次他在家里一喊"球",小猫就会过来亲昵地蹭他。

有天"球"淘气得很,上了房顶,但是下不来了。老舍那天偏偏忙得很,早上突然接到好友来信,邀他去车站一见。他急匆匆地出了门,一路上颇为曲折,总算忙完回到了家,却发现猫在房上下不来了……得,这些都不重要,把小猫从房上哄下来最重要,不然要是摔了、丢了、跑走了,那麻烦可就大了。

老舍也顾不得什么颜面了,赶紧上墙,"好宝贝"之类的甜言蜜语先用上,"吃肝来"的糖衣炮弹也安排上,"语气还是学着妇女的:'来,啊,小球,快来,好宝贝,快吃肝来……'"①,哄着不行,又改为恫吓,结果还是无用。后来二姐来了,只叫了一声小猫的名字,它便以老舍先生的身体为跳板,跳到了二姐的怀里。这一番操作令人哭笑不得。小猫下来了,老舍先生也终于可以安下心来写字了。

舒济出生后的第二年,老舍和夫人抱着她在家中的石榴树下拍了一张照片。在照片背后,老舍还特意写了一首打油诗:"爸笑妈随女扯书,一家三口乐安居。济南山水

---

① 老舍:《一天》,《老舍散文精选》,长江文艺出版社2017年版。

充名士，篮里猫球盆里鱼。"猫球，说的就是老舍养的那只猫。

后来这只叫球的猫不见了。老舍问夫人胡絜青，球去哪里了？胡絜青想了想说，跑了。老舍也无可奈何。他把小球出走这件事特意写到了自己的文章里，说自己是糊涂人养了糊涂猫，小球跟着情郎跑了。短短几句话，精准描绘出一个猫奴在心爱的猫走丢后内心的懊悔。

后来，已是迟暮老人的舒济再次回到自己出生时候的家，提到那口水井和小球时，她说其实小球是掉在井里溺水死了，妈妈怕爸爸太伤心，才编了个托词敷衍过去。

1938年，老舍当选中华全国文艺界抗敌协会常务理事兼总务部主任，先是住在武汉，之后退居到了重庆。在重庆，老舍所住的地方先前是林语堂的房子，林语堂因为去了美国，就把房子赠给了"文协"。

重庆北碚的老鼠不少，前住户林语堂曾经不堪其扰。有一次他的女儿正准备睡觉，突然听见帐顶有窸窸窣窣的声音，以为是小偷，吓得要命，过了一阵儿才明白过来，是老鼠。老鼠在屋子里四处乱窜，跳上桌子，甚至掀开棋子盒的盖子，如此闹腾了一夜。第二天林家人发现，棋子少了整整十一颗。林家人因此一个多月都没下棋。

老舍刚搬到这里住的时候，给这间房子起了个雅号叫

"头昏斋",后来见这里老鼠这样多,这样猖狂——稍不留神它们就能在毛衣里、棉袍下堂而皇之地生一窝,于是干脆改叫"多鼠斋"。而他的《四世同堂》就是在耗子堆里起笔的。

老鼠多了怎么办?自然是要养只猫。

过去,猫是唾手可得的动物,胡同里、房顶上更是时常可见乱窜的猫。对于老北京人来说,猫不兴买,而是亲友之间互赠。但山城重庆老鼠多,猫就显得珍贵,因此就没有白送这种好事了。再加上当时鼠疫流行,猫能够捉老鼠,猫的价格自然就水涨船高。1942年12月23日的《新天津画报》刊登文章说:"四川各地鼠患猖獗,两年间猫的价格上涨了几百倍,一只普通的雌猫要二百元。"[1]

老舍的猫买得也不便宜,足足花了他二百六十块,而且他买的这只猫,还是只"奄奄一息"的小丑猫。这只猫还没有开始捕鼠,就先让老舍先生担心了。"花了二百六十元买了只很小很丑的小猫来。我很不放心。单从身长与体重说,厨房中的老一辈的老鼠会一口咬两只这样的小猫的。我们用麻绳把咪咪拴好,不光是怕它跑了,

---

[1] 转引自王宏凯:《民国养猫二三事》,《文史天地》2020年第8期。

而是怕它不留神碰上老鼠。"①怕老鼠把猫咬了,这一方面说明重庆老鼠猖獗,另一方面也说明老舍对小猫有怜爱之心。

家里能吃的东西不多,给猫吃的是米汤和煮玉米。老舍觉得这只小猫跟着他受罪了,既没有鱼吃,也不能像英国人养的猫那样喝牛奶。

不过,让人没想到的是,后来这只小丑猫竟然出息了,不仅一天天壮实起来,也展露出惊人的捕鼠能力。对在多鼠斋创作的老舍来说,这只猫可以说是护书的大功臣。

20世纪50年代,老舍回到北京,先后担任中国民间文艺研究会副理事长、中国作家协会副主席等职,并且买下了位于丰盛胡同的丹柿小院。在这个幽静的四合院中,他创作出了《茶馆》等优秀作品。

老舍是个恋家的人,丹柿小院可以说满足了他对家的所有梦想。他写作、种花、撸猫——入选小学语文课本里的《猫》就是在这一阶段写的。

此时的老舍已经是一个远近闻名的猫奴。自己家的猫在老舍的溺爱之下,也变得傲娇又淘气。对于老舍来说,

---

① 老舍:《猫的早餐》,《老舍作品集》,译林出版社2012年版。

如果一定要在养花和养猫这两件事中做一个取舍,他会稍有犹豫,但最终,他还是不肯让猫受委屈。

"它们(猫)的胆子越来越大,逐渐开辟新的游戏场所。它们到院子里来了。院中的花草可遭了殃。它们在花盆里摔跤,抱着花枝打秋千,所过之处,枝折花落。你不肯责打它们,它们是那么生气勃勃,天真可爱呀。可是,你也爱花。这个矛盾就不易处理。"[1]

1966年8月24日,老舍先生投湖自尽。他与猫的缘分也就此终止了。

也许,从老舍在济南喂养第一只猫咪开始,猫就在他的心里有了一席之地。

1933年,老舍还写了一部兼具讽喻及科幻色彩的长篇小说,名字叫作《猫城记》。在这部小说里,老舍用第一人称写作,以"我"飞离地球开始,以"我"返回地球结束,描述了主人公在猫国经历的一番奇遇。

他写"猫城"正是家里的猫球给了他灵感:"我之所以必用猫城,而不用狗城者,倒完全出于一个家庭间的小事实——我刚刚抱来个黄白花的小猫。设若那天我是抱来一只兔,大概猫人就变成兔人了。"

---

[1] 老舍:《猫》,《老舍散文》,人民文学出版社2022年版。

1932年年底,他在《东方杂志》的新年梦想里写下了这样的话:

"生命何必是快乐的,只求其有趣而已;希望家中的小白女猫生两个小小白猫,有趣,有趣!其余的,似乎没有什么可说的,完了。"①

---

① 老舍:《新年的梦想》,《东方杂志》1933年首期。

梁实秋

晚年成为猫奴，
多的是不可能的事

老舍先生人缘极好，朋友圈是很广的，他的猫奴朋友很多，比如梁实秋。

梁实秋1903年出生于北京，比老舍小四岁，清华大学毕业后赴美国科罗拉多学院留学，后进入哈佛大学研究院攻读硕士。1926年，他回到国内。

梁实秋和老舍虽同为北京人，但一直没有见过面。1930年，梁实秋受邀在山东大学任外文系主任，1934年，老舍也来到山东大学任教，但是当时梁实秋刚刚离开青岛，两人恰好擦身而过。他们第一次见面是在重庆北碚。在见面之前，两人曾有一次"笔战"。但是，见面之后，两人一见如故，那所谓的前嫌早已被抛在脑后。在重庆北碚，梁实秋的雅舍距离老舍居住的多鼠斋不过五分钟的路程，往来十分方便。

有一次，北碚各机关团体发起了募款劳军晚会。老舍先生喜欢说相声，而对口相声又需要个搭档，在一众老友当中，老舍选中了梁实秋。在相声演出到高潮部分，有拿折扇敲头的桥段，在梁实秋的强烈要求下，此处改为比画，无须真打；可到了演出的时候，老舍竟抡起折扇就去敲梁实秋的头。梁实秋本能地向后一闪，折扇恰巧把梁实秋的眼镜打落了，梁实秋伸出双手，正好接住了落下来的眼镜。在场观看的众人都以为这是他们事先排练好的绝活儿，纷纷叫着让他们再来一回。两个人相约不再露演，除非抗战胜利再度劳军的时候。可惜抗战胜利之后，老舍赴美讲学，梁实秋去了中国台湾；再后来，老舍自沉于太平湖，两位老友再无同台机会。

话说，梁实秋起先并不是个猫奴。他跟老舍很像，年轻的时候对猫很不以为意，成为猫奴，是晚年之后的事情。

梁实秋的小女儿曾经在文章里回忆，自己的爸爸当年对猫是多么冷酷无情。那时候他们住在北京，厨房里经常有饥肠辘辘的野猫光顾，野猫偷吃鱼，让用人很生气，梁实秋便主张"见头打头，见尾打尾"，以绝猫患。

有一天，天很冷，梁实秋家中的厨房里蹿入一只野猫。小女儿可怜这只猫，并没有赶走它。这只野猫本以为自己有机会享受片刻的温存，便放下戒心，径直走到炉火边蜷曲而卧。梁实秋见到后，竟一脚将它踢开。野猫狼狈逃走。

小女儿心痛不已，却不敢非议爸爸的残忍举动。只能默默回房，背着父母大哭一场，一直等到心情平复才出来吃饭。那年小女儿梁文蔷只有十三岁，而梁实秋四十三岁。此时，已经成为猫奴的好友老舍受邀赴美讲学，对猫不感兴趣的论敌鲁迅已经去世十年，而梁实秋则从重庆回到北京不久。

抗战期间，梁实秋带着家人一起迁居到重庆。1939年秋天，他和朋友合资买了一栋平房，起名叫"雅舍"。梁实秋还以雅舍命名自己的作品，比如《雅舍小品》《雅舍谈吃》等。在雅舍，他有过短暂的养猫经历。

严格来说，这猫只是偶尔住在梁实秋家。它不是梁实秋家的猫，而是女佣从别人家借的。当时老鼠成灾，女佣特意将小猫请来捕鼠。和老舍家里的小丑猫差不多，这只猫也算不上一只高颜值的猫。用梁实秋的话来说，它"相貌庸俗"，而且能吃能睡，就是不能捕鼠。但偏偏家里的女佣非常宠爱猫，不仅不允许家里不懂事的小孩子逗猫，还会从大家伙的吃食中分出肉来给猫吃。

梁实秋是不喜欢猫的。所以，对于养猫人的种种宠猫行为，他无法认同，比如抱着猫摸它的毛，反复夸奖猫，把猫当成孩子一样关心它吃得如何、睡得怎样。当时，英国的一些贵妇组织建立了"爱猫协会"，以专门服务猫咪。梁实秋对此种做法更是无法理解。

他在文章里详述了自己如此嫌弃猫的原因。

第一点就是，猫老是进厨房偷吃东西。梁实秋认为，猫跟老鼠一样，都是"与人为害"的。并且，与老鼠相比，猫的饭量更大，偷吃的东西也往往更珍贵。就拿北京胡同里的猫来说，它们逮着机会就会进入厨房偷吃——刚煮好的鱼、好不容易攒钱买的肉，就遭了殃。如此说来，猫的破坏力可比老鼠大多了。

第二点就是，猫总是在午后或半夜出来活动，实在是影响人们休息。梁实秋住在老北京的平房里，野猫晚上的嚎叫令他不堪其扰。不像拿着长竹竿跟半夜谈恋爱的野猫鏖战的鲁迅先生，梁实秋的应对法子是，当猫在他的房顶蹦跶的时候，若他在看书，就拍打桌椅吓唬它们，吓唬不成，就放下书，休息一会儿；若他已经在被窝里，那就把头蒙得紧一点，再紧一点。

第三点就是，猫是"贪狠刁坏"的动物。它吃饭总是从中间吃起，把饭搞得乱七八糟后却剩下一半不吃了。没过一会儿，它又故作可爱地向人讨食吃。在人尚且不能只吃肉的时候，它却只挑肉或肝吃，着实令人气愤。

为了证明自己讨厌猫并不是什么小众癖好，他还拉来老舍做同盟，说其实老友老舍也对猫没有好感，但他的方式比较温和，就是写了一本《猫城记》。

但梁实秋不知道的是，老舍先生——自己的这位北京老乡、在重庆经常来往的老友，已经从一个对猫没有好感的人，变成了一个妥妥的猫奴。估计梁实秋先生也料想不到，老舍先生在重回北京之后，不仅成了远近闻名的猫奴，还变成了养猫大户。

不过即便好朋友已然"叛变"，梁实秋依然认为，自己绝不可能养猫，直到白猫王子出现。

1974年，梁实秋的夫人程季淑被倒下的梯子砸伤，因医治无效在美国西雅图逝世。后来，梁实秋与韩菁清再婚。白猫王子就是韩菁清抱到家里来的。

那一天是1978年3月30日。当天狂风暴雨，夫人韩菁清外出带回来一只在门外屋檐下瑟瑟发抖的小猫。这只猫没有名字，梁实秋和韩菁清一般叫它猫咪或咪咪。不过，它有个封号，叫"白猫王子"。其实它并不是一只纯白的猫，它的耳朵、脑顶中间和尾巴是黄色的。

梁实秋之前有多厌恶猫，现在就有多宠爱猫。

早年间，他指责猫吃饭时只挑肉或肝吃。但是现在，他可完全不觉得这是罪过，白猫王子吃什么都是理所应当的。梁实秋和夫人外出吃饭时，总会给白猫王子带点好吃的回来，给它打牙祭。每天给白猫王子准备的家常美味里，必定是有鱼的，有时是一汤一鱼，有时是一汤两鱼（鲜鱼和鱼罐头）。因为兽医提醒梁实秋，小猫被鱼刺卡到的话要开刀，很麻烦，所以梁实秋每天都先把鱼煮好，然后小心翼翼地去掉刺，最后再放凉，放在猫食盆中。要知道，这对于一个七八十岁且身体状况不是特别好的老人来说，是一项非常辛苦的工作。但是梁实秋乐在其中，并不觉得辛苦。

早年间，他无法认同养猫人的种种宠猫行为。结果，养了猫之后的梁实秋，已经完全倒向了宠猫人的阵营。除了提供专属营养餐，他和夫人还给白猫王子准备了适合它身材的被毯及四个猫厕所。他为自己的猫咪不用人教就会用猫厕所而感到自豪，还专门把这件事记录在了自己的文章里。

小猫慢慢长大了，到了该谈恋爱的年纪。早年间，梁实秋只觉得猫发情时的嚎叫影响人休息。现在，他已经无暇顾及它的叫声，而更担心它追随外面的野猫而去。做绝育手术是最好的解决方法。但是，梁实秋和夫人商量了许久，始终下不了决心。毕竟，但凡跟"做手术"有关的，都不能被视为小事。后来，在兽医的建议下，两人带着白猫王子来到了医院，白猫王子自此失去了做父亲的资格。梁实秋对给白猫王子做绝育手术始终心怀歉意，而白猫王子心里是如何想的，我们便不得而知了。不过，绝育之后，白猫王子更胖，也更懒了。

梁实秋对白猫王子可谓有求必应。有一次，白猫王子意外尝了一口茶叶蛋的蛋黄。从此，它对茶叶蛋魂牵梦萦。有天晚上，凌晨一点多钟，街道上叫卖茶叶蛋的老人沙哑的声音响起："五香茶叶蛋……"白猫王子竖起耳朵，吵着要吃。这下可好，梁实秋可别想睡觉了，赶紧披衣起床，踏着凌晨的星光去给它买。梁实秋也不觉得这有什么奇怪的，毕竟小猫如此可爱，"铁石心肠也只好披衣下楼买来给它消夜"。

梁实秋和夫人后来又收养了一只流浪黑猫，取名黑猫公主。再后来，他们还养了一只猫，叫小花。同时养三只猫，梁家已然成了养猫大户。梁实秋和夫人对每一只猫都宠爱有加。有人问他们，你们的猫如此宠贵，都是什么名贵品种？梁先生回答说："和你我一样，都是土生土长的本国土种。"

网络上曾有这样的讨论："当初极力反对你养猫的父母，在养了猫之后，怎么样了？"对此，梁实秋的小女儿一定极有发言权。

梁实秋晚年成为重度猫奴，在小女儿看来格外不可思议。毕竟，当年她可是目睹了父亲一脚踹飞猫的全过程。晚年在和小女儿的通信中，梁实秋总会提到自己的猫。字里行间，他并不把猫看作宠物，而是当成家庭成员。

曾有朋友劝梁实秋不要养猫。因为猫的寿命只有十来年，人和猫终究要分别，何必自寻烦恼呢？养猫不如养鱼，人与鱼以水相隔，分别时就不会那么伤心了。道理是懂的，可是，梁实秋说，太晚了，白猫王子已经是他的家人了。

自白猫王子五岁生日起，梁实秋每年都会给它写一篇庆祝生日的文章。在文章中，梁实秋记录了很多白猫王子的趣事。比如，白猫王子身材肥肥胖胖，走路摇摇晃晃，有客人玩笑似的形容它颇像一位董事长；在梁实秋写文章时，白猫王子有时会跳到梁实秋的书桌上，趴在他的稿纸上呼呼大睡，有时又会来到台灯下面，烤着灯泡发出的热气，假装睡觉。

梁实秋和夫人无限度地宠爱着白猫王子。在他们心中，白猫王子不用参加选美比赛，已经是选美冠军。猫咪爱抓沙发，有的人家在猫磨爪子的地方挂一块皮子，而梁实秋却说："我家没有此项装备，由它去抓。猫一生能抓破几套沙发？"他们唯一的愿望就是它"永远享受它的鱼餐锦被，吃饱了就睡，睡足了就吃"。

白猫王子八岁时"时常露出万事不关心的样子"。有一天，梁实秋摸着白猫王子的皮毛问夫人，白猫王子是不是开始衰老了。韩菁清却不让他再说下去。我们中国人是避讳说老的，对猫也是。然而，这些避讳的话题却无情地催着人去面对。

梁实秋在《白猫王子六岁》中说："猫儿寿命有限，老人余日无多。"活着和死亡就像是硬币的两面，有生便有死。而对于养猫的人来说，最大的担忧恐怕就是，自己老了、死了，走在了猫的前面，之后，谁来好好照顾它们、爱它们呢？梁实秋也有这样的忧虑。他在给小女儿梁文蔷的信中写道："我现在不敢想，如果有一天，我不在了，猫怎么办，如果有一天，猫不在了，我怎么办？不敢想，不敢想。"

连用三个"不敢想"，可见内心的忧愁和怅惘。

1987年，八十四岁的梁实秋病逝。生命垂危之际，他最后嘱咐给韩菁清的几件事中，有一件便是，要像爱护他们的子女那样，爱护他们养的三只猫。

梁实秋去世之后，他最爱的白猫王子明显落寞了。1988年3月，梁文蔷在幽暗的客厅里见到了爸爸生前最挂念的猫。它少了很多骄气和活泼，多了些忧郁，和人对视的时候，眼神中有凄凉和无奈。它明白，爱它的人去了。

梁实秋去世之后，韩菁清将她和梁实秋的往来书信悉数整理，交由上海人民出版社出版发行。信中，梁实秋经常提到"白猫王子"，虽然他俩（梁实秋和韩菁清）没有孩子，但是猫咪就像是他们的儿子。

希望这位和猫相逢恨晚的猫奴，来生能和猫遇见得早一点，再早一点吧。

齐白石

萌老人和他的猫奴朋友们

如果让中国人说一个中国最著名的画家，那多数人恐怕会脱口而出："齐白石！"

齐白石老人的画不仅有名，而且昂贵。这位留着长长的白胡子，经常穿着一身黑布长衫的湖南老人，数年来都是中国最贵画作纪录保持者。2017年，北京保利拍卖了齐白石的画作《山水十二条屏》，最终以9.315亿元的天价成交。这是他1925年的作品，也是目前最贵的中国艺术品。

齐白石早年做木匠学徒，后改学绘画、诗文、篆刻。跟很多艺术家去世后才被人关注不同，齐白石在他所处的那个时代，也极其受欢迎。很多文化名人都喜欢齐白石的作品，比如老舍先生——在重庆居住期间，他的多鼠斋里挂的就是齐白石的作品。

齐白石年幼时家贫，贫穷的生活经历让他更加知道钱的重要性，用起钱来也格外仔细。对此，画家黄永玉是有发言权的。

1952年，二十八岁的黄永玉从香港回到北京。他先是在表叔沈从文那里短暂落脚，随后就搬到了大雅宝胡同甲二号——中央美术学院的教员宿舍。李可染夫妇是第一对来探望他的人。李可染是齐白石的高徒，所以黄永玉第一次见到大名鼎鼎的齐白石，便是李可染带他去的。

在去拜访齐白石之前，黄永玉买了两串大螃蟹，作为初见的见面礼——齐白石喜欢吃虾，也喜欢吃螃蟹。而在去齐白石家的路上，李可染就跟黄永玉交代说，老师家里有两盘大名鼎鼎的点心，是招待客人专用的，一盘是花生米，一盘是月饼，千万不要吃！

黄永玉把李可染的话铭记在心。到了齐白石老人家，他果然见到了那两盘点心，而且他吃惊地发现，月饼已经被人咬掉了四分之一，且有细小的生物在剖开的月饼内活动；剥开的花生上也可隐约见到蜘蛛网。

齐白石老人收到螃蟹很高兴，叫家里的阿姨去煮。阿姨提着螃蟹出了房门，不一会儿，又提着螃蟹进了屋，让老人确认了一下螃蟹的数量，生怕之后老人又怀疑她偷吃。

"你数数,真的是四十四只啊!"

据说,家里的粮食都是由齐白石亲自看管的,每到做饭的工夫,齐白石会根据吃饭的人数,亲自用一个小罐头盒量出米面。

齐白石家的门房先生叫老尹。老尹本是清宫里的太监,后来被齐白石邀到家里做门房,他给齐白石做门房也是兢兢业业。齐白石包老尹吃住,只是他每个月不给老尹结工钱,而是用自己的画来代替工钱。看起来,是老尹吃了亏,其实齐白石送他的画可比工钱昂贵多了。

齐白石老人勤俭持家,却并不吝啬。齐白石的很多弟子家境贫寒,经常找他借钱。他从不多问缘由,将日期、名字和数目记在那本大账本上,便给钱。至于还钱,他从不催促。

齐白石老人以卖画为生,他卖画从不耻于谈钱,但是从不乱要价,也从不要高价。他的画明码标价,该多少钱,就是多少钱。别人请他画虾,一只虾有一只虾的价钱,如果说想要再加画一只虾、一棵白菜,那就是另外的价钱了。

齐白石老人卖画,却从不出卖自己的风骨。他曾明确表示"像不画,工细不画,着色不画,非其人不画,促迫不画",这是他的作画原则,不可因钱打破;抗战期间,他明确表示"画不卖与官家",这是他的做人原则,不可因势妥协。

而这样一位看起来很强硬的老头儿,也有柔软的一面。

齐白石擅长画虾,实际上,他也擅长画猫。齐白石家里仅有的宠物,就是一只猫。

如今,我们仍然可以看到那幅珍贵的照片——蓄着长胡子的齐白石伏在桌案上作画,他笔下的螃蟹栩栩如生,而一只花猫就在一旁静静卧着。这便是他的爱猫。

齐白石养的这只猫,是只黑白色的猫,在中国的猫谱里,这种花色的猫可称为"乌云盖雪"。从照片资料能够看出,这只猫毛厚,身材圆润,娇憨可爱。

齐白石老人非常勤奋,有每日作画的习惯,而从照片资料来看,老人和小猫,一个作画,一个静静看着,均神态自然,可见小猫的出现并非偶然,他们已经习惯彼此陪伴。或许,我们可以在脑海中想象一下齐白石老人在家的一天:

他喜欢早睡早起。早上起来后,他先画一张画,然后再去洗漱。吃过早饭后,他又来到那宽大的书桌前。一般情况下,他上午还会再画三张画。这时候,家里的"乌云盖雪"会悄咪咪地跳上桌子,静静地望着老人,或者趴在旁边闭目养神。中午,他会在家里吃点素菜,或者让那家叫"曲园"的湘菜馆烧几道拿手好菜送来。齐白石是湖南人,喜欢吃点辣。

吃过午饭后,他会在躺椅上小憩一会儿。下午,他会接着再画三张画。其间,如果有客人造访,老先生会站起来,亲自用挂在身上的钥匙把柜门打开,拿出那两盘著名的点心,然后一边撸猫,一边和客人谈天。这是老人的待客之道。

门房老尹如果手头吃紧,就会私下拉住那些贵客到他住的地方转转,让人看看齐白石老人送他的画——他对收藏没有兴趣,只是想换点钱。如果是新凤霞和吴祖光夫妇来,那大概率是会买老尹手里的画的,因为他们知道,老尹不容易。当然,他们也知道,老尹手里有真宝贝。

晚饭后,齐白石老人还要再画一张画,这样的一天才圆满。

齐白石爱猫,身边也不乏爱猫的朋友。

画家黄永玉是齐白石的小同乡,也是沈从文的表侄。他创作出了中国版画史上经典的《阿诗玛》,后来又创作出在1980年发行的中华人民共和国成立后的第一枚生肖邮票——猴票《庚申年》。当年单枚面值只有八分钱的猴票,如今市场价值已是原来的十六万倍有余。

黄永玉很喜欢小动物，他家中养过很多小动物，有狗、猫、鸡、鸭，甚至还有猴子、小黑熊、梅花鹿和变色龙，而且每只动物都有自己的名字。女儿黄黑妮就回忆说自己的家好像一艘诺亚方舟，上面有很多小动物："小猫大白、荷兰猪土彼得、麻鸭无事忙、小鸡玛瑙、金花鼠米米、喜鹊喳喳、猫黄老闷儿、猴伊沃、猫菲菲、变色龙克莱玛、狗基诺和绿毛龟六绒……"（为节省空间，仅举其中百分之五的名字）[1]

而猴票上猴子的原型，就是黄永玉养的那只叫"伊沃"的猴子。它是一位好友在20世纪70年代送给黄永玉的。伊沃跟黄永玉很亲，黄永玉到哪儿它就跟到哪儿。伊沃也很调皮，在画室里拉屎、挤颜料，仿佛大闹天宫，还会把手从窗外伸进来，偷偷顺走黄永玉的眼镜。黄永玉从不责罚它，也没有埋怨过它一句。

伊沃也有很乖的时候，比如它会给黄永玉养的小猫梳毛。黄永玉就把两只小动物抱在自己腿上，看着它们这一猴一猫嬉戏。

困难时期，人难以自保，动物也跟着受委屈。所以在

---

[1] 黄黑妮：《林中小屋·序》，见张梅溪著《林中小屋》，人民文学出版社2018年版。

最困难的时候，黄永玉家里只养猫，他们养了一只叫"大白"的蓝眼睛长毛猫。这只猫除了捕鼠之外，还有个神奇的技能，就是能给家里找点"免费"的荤腥——某天中午，大白带回家一条长长的冻带鱼，母亲张梅溪把它烧制成了红烧带鱼。那一定是很美味的一餐。

评剧女王新凤霞是齐白石晚年的弟子，后来成了他的干女儿，两家关系非常亲近。后来，新凤霞因残疾不能再登上舞台，转而成了画家和作家——写作是受了丈夫吴祖光的影响，而画画是得了齐白石的真传。

新凤霞也是出了名的爱猫。她出身于天津的贫苦人家，从小学戏，很辛苦。她家里有只小花猫，当时她还小，宠爱它宠爱得不得了。但是家里的大人认为，像他们这样的贫苦人家，干活还来不及，哪有闲工夫养猫，所以新凤霞和猫在一起总是偷偷的、悄悄的。

为了给小花猫更好的伙食，新凤霞想了各种方法，有时候会为了给小猫找好吃的去翻垃圾桶，有时候喊嗓子回来，会特意绕很远的路去给小猫买小鱼吃。不过后来这只小花猫不见了，有人说是被打猫的商人抓了去。过去，人养猫总是会有各种各样的遗憾。

猫丢了，新凤霞难过了好久。

"小花猫跟我很好，我回家晚了它在门道里等我。因为我打过它，不许它跑出大门，它就乖乖地在门道里等我，进门它仰着头喵喵叫。小花猫像小孩儿一样招人喜欢。"①

新凤霞年纪轻轻便开始登台唱戏，叫好又叫座，二十多岁时只身前往北京发展闯荡。最开始新凤霞是在天桥附近唱戏，他们剧团当时有了些名气，所以场场满座。老舍先生是新凤霞的戏迷，后来新凤霞和老舍先生成了朋友。老舍先生是个热心肠，主动给她介绍对象。新凤霞经老舍先生撮合，和从香港回到北京的剧作家吴祖光结了婚。婚后，吴祖光送给新凤霞一张书桌，以弥补她早年为生活奔波，无法学习的遗憾。1952年，吴祖光为梅兰芳先生拍摄舞台艺术片，新凤霞前去学习，借此机会成了梅兰芳先生的徒弟。恰巧，梅兰芳家的狮子猫生下四只小狮子猫不久，梅兰芳的夫人听新凤霞说她最喜欢猫，便送了她一只。时隔多年，新凤霞又有猫了。

齐白石的女弟子还有老舍的夫人胡絜青。齐白石欣赏胡絜青的性格，胡絜青也曾经帮齐白石的两个儿子补习功课，齐白石和胡絜青成为师徒之后，两家关系更是好上加好。

---

① 新凤霞：《美在天真：新凤霞自述》，山东画报出版社2007年版。

齐白石在金钱上格外拎得清，即便是熟人，也不经常送画，就连老舍想要一幅齐白石的画，还是托自己的好友代购的。那是发生在1933年的事，许地山付了三十元（折后价），为老舍求到了一张《鸡雏图》。1952年，齐白石赠送给胡絜青一幅《猫蝶图》。画中是一只红鼻子的长毛猫，正仰着头看空中的几只花蝴蝶，旁边还有齐白石老人的亲笔题词："絜青女弟子清属。壬辰，九十二岁白石画于京华。"（九十二岁为自署年龄，实际年龄为八十八岁）我们猜测，老人知道，胡絜青和老舍也喜欢养猫，家里有不少猫，所以送了这幅他们一定喜欢的猫画。

　　可别小看这只红鼻子的猫，齐白石的画，但凡是加了红色的，都是另外的价钱。当年齐白石的润笔单上有这样一行字："多用红色者，画价加倍。"因为这红色是西洋红，价格是很贵的，平时老人都是把这种颜料锁在柜子里的，有需要的时候，才打开柜门拿出来用。由此可见，对老舍、胡絜青这对爱猫夫妇，齐白石还是很偏爱的。

　　猫不仅给齐白石带来了陪伴，更是他的灵感来源。

　　齐白石画的猫，大部分都是黑背、白肚子、黑尾巴，大概他觉得好看的猫都要像自己家的乌云盖雪。有一次，他的女弟子郭秀仪画了一只白猫，拿给老师看，齐白石觉得好像少了点什么，于是拿起笔在上面添了寥寥几笔。就这样，一只雪白的猫瞬间变成了长着黑色猫头和黑色长尾巴的花猫。齐白石还在旁边特意标注："秀仪弟子画猫之墨色为白石所添，白石记。"

除了自己画猫，齐白石还喜欢跟人合作画猫。他和徐悲鸿合作画过猫，还和自己的弟子曹克家合画过猫，而且画过好几幅，比如《枫叶猫戏图》《猫蛙图》。齐白石与曹克家共同绘制猫画时，通常是由曹克家画猫，齐白石添补背景。曹克家尤擅画猫，他笔下的猫神态逼真、栩栩如生。

齐白石是个非常有原则的人，但另一方面，他又很真性情。

齐白石喜欢看戏，尤其喜欢看新凤霞唱戏。有一次新凤霞演了一出《祥林嫂》，齐白石哭得一把鼻涕一把泪，把帽子都哭丢了。看完戏后，齐白石一定要先去后台看新凤霞，见了面就往新凤霞手里塞钱，因为他觉得戏里的人物太苦了。这让新凤霞哭笑不得，赶紧安慰这位感性的老人说那都是演戏，自己有钱。

还有一次，新凤霞和金涛去拜访齐白石。齐白石见他俩过来，打开了自己的大立柜，让新凤霞去柜子里拿钱，想拿多少拿多少，柜子里是一捆捆的现钞。那时，吴祖光因为某些原因被派去了北大荒，齐白石可能怕新凤霞独自一人，没钱花。齐白石的这一举动吓坏了新凤霞，她觉得轻财重义是做人的根本，所以坚决不要齐老的钱。

爱猫的这些名人不仅是风雅的人，更是内心温柔的人。他们的名声或许让世人觉得他们可望而不可即，但其实他们至真至诚。就像齐白石老人，把高冷写在脸上，把对猫和对友人的柔情嵌在心上。

齐白石就是这么一个古怪又可爱的老头，时而不近人情，时而又无比真诚。而这种真性情，大概也是他为什么能成为大师以及拥有一众猫奴朋友的原因吧。

李羡林

耿直学霸，执拗爱猫

如果要按"耿直"给近现代的名人名家排个序，季羡林先生一定榜上有名。

季羡林，1911年出生在山东省清平县（现改临清市），用季老自己的话来说，清平县是山东西部最穷的县，官庄是清平县最穷的村，而他就是这村子里面，格外穷苦的一家人的孩子。

季羡林是家族里唯一的男孩。六岁那年，为了接受更好的教育，他不得不离开双亲去济南叔父家。寄人篱下的日子对一个和母亲早早分离的孩子来说，是无比艰难、无比漫长的。小小年纪的他只能默默忍耐。

后来，季羡林考上了北园高中。北园高中是山东大学附设的公立学校，师资雄厚。在北园高中求学时期，季羡林的思想发生了极大转变——"从自卑到自信，从不认真读书到勤奋学习"。

　　多年之后,有人让季羡林老先生回顾一下自己当年考大学的初心。大家以为会听到"立志报国""大丈夫当有鸿鹄之志"等答案,没想到季羡林撇了撇嘴很耿直地表示,他年少时并没有什么大志向,也压根儿就没想过成为学者,更别说为钻研学术做苦行僧。像他这样的寒门子弟,最好的归宿就是进入由外国人控制的事业单位,做个终生衣食无忧的"俗人":"在我读中学的时候,像我这种从刚能吃饱饭的家庭出身的人,唯一的目的和希望就是——用当时流行的口头语来说——能抢到一只'饭碗'。"①

　　当时称得上"饭碗"的单位有三家——邮政局、铁路局和盐务稽核所。季羡林报考了邮政局,但是没有考上。所以他才去报考了大学。

　　为什么要考大学?

　　考上大学,才有机会出国学习,如此,才更容易抢到"饭碗"。当时的他同千千万万青年人一样,只有这样朴素的愿望。季羡林参加了考试,结果,北大和清华双双录

---

① 季羡林:《在清华大学念书的时候》,《我和北大》,青岛出版社2015年版。

取了他。两个学校之间，自然是要有个取舍，他权衡了一下，放弃了北大，选了清华，理由也很直接："出国方面，我以为清华条件优于北大，所以舍后者而取前者。"①

在清华读书的时候，季羡林有用日记记录自己日常生活的习惯。多年之后，他成为国学大师，有出版社希望出版他当年的日记。翻看内容后，出版社的编辑委婉建议季羡林做一些修订，删除那些可能会对他的形象有影响的内容。但是季羡林坚决不同意。

季羡林在清华念书的时候，仅大他一岁的冰心女士已经名震文坛。冰心年少成名，在清华有不少支持者。当时季羡林在清华学西洋文学，听说冰心要来讲课，便打算去旁听一下，看看这位超人气女作家到底有多厉害。

到了之后，只见教室里坐满了人，走廊里站满了人，一位女教师走上讲台，她的头发在后脑勺上盘成一个髻，不苟言笑。

"（冰心）一登上讲台，便发出狮子吼：'凡不选本课的学生，统统出去！'"

季羡林也在被赶出的学生之列。

---

① 季羡林：《在清华大学念书的时候》，《我和北大》，青岛出版社2015年版。

碰钉子的情况毕竟是少数的，大多数老师对旁听一事并不管束。当时陈寅恪先生在清华开佛经翻译文学课，季羡林跑去旁听，课程很精彩，季羡林受到很大的震撼。后来，清华大学同德国学术交换处签订了交换研究生的协议，季羡林得以去往德国哥廷根大学深造。在哥廷根，他本来打算学习古代文学，但对学习哪一种古文学，总是下不了决心。在朋友的建议下，他先选择了希腊文，后又逐渐发现自己所爱，于是转而学习梵文。就这样，季羡林续上了跟梵文的缘分。

学成回国之后，季羡林被聘为北京大学教授，创立了东方语文系。他会英文、德文、梵文、巴利文、俄文、法文、南斯拉夫语，尤精吐火罗文。人们说他是"国学大师""学界泰斗""国宝"。

但季羡林并不以此自居，他拒绝"国学大师""学界泰斗""国宝"这三个重量级的桂冠，只想拥有"自由自在身"。

季羡林一生中最感激三个女人。

其一是他的母亲。季羡林幼年时和母亲形影不离，母亲走到哪儿，他就跟到哪儿。六岁的时候，他和母亲分别了。后来两次见面，都是回家奔丧，时间都很短。季羡林本打算大学毕业后好好孝敬母亲，但是在他读大学二年级时，母亲就去世了。

当时，他急急忙忙赶回家，只看到了母亲的棺材孤零零地放置在残破的家中。季羡林后悔自己丢下母亲去奔赴前程。一直到老，他只要一提起母亲就会眼泪直流。

其二是他的老祖。老祖是季羡林的婶母，年近四十才嫁给季羡林的叔父做续弦。季羡林后来去德国留学，这一走就是十一年。这十一年当中，是婶母辛勤劳动，维持一家人的生计。全家人都尊敬她，尊称她为老祖。

其三是他的妻子。季羡林奉叔父之命，十八岁就娶了妻子彭德华，而且很快就有了女儿和儿子。彭德华比季羡林大四岁，是典型的中国传统女性。她文化程度不高，只念过小学，不懂季羡林搞的学术是什么，也从来不想知道。她对季羡林关怀备至，季羡林在外的十一年当中，她跟老祖一起把家操持好，让季羡林没有后顾之忧。季羡林敬重他的妻子。

除了家人，猫在季羡林的生命中也扮演了重要的角色。猫陪伴季羡林度过了一段灰暗的日子，他在文章里多次提到家里的猫，以及猫带给他的温暖。

20世纪六七十年代，生活陷入困境，又与旧时的不少同事老友断了消息，让季羡林的心落入谷底。

母亲的骤然离世，早就在他的心中种下了死亡的种子；中年被误读和侮辱，让他在生与死之间苦苦挣扎。他也曾想过就此一了百了。然而，总有东西在挽留他，比如，每次回到家中，老祖和德华会用仅有的一点钱，尽量做出好饭，而他的小猫也会热情地迎出来，亲昵地蹭他……这些生活中的小事带给他极大的安慰，让他放弃了求死的想法，走过了人生中最艰难黑暗的一段时光。

季羡林直言，他喜欢小动物。至于喜欢的原因也很简单，小动物不懂算计，不会说谎，天真又率性，同它们在一起，他感到自在又坦然。在文章《二月兰》中，他提到自己养的猫：

"人视我为异类，她们视我为好友，从来没有表态，要同我划清界限。"①

猫没有同季羡林划清界限，这是炎凉世态中的一点点温暖。在猫的眼中，没有同类和异类之别，对给过它关爱的人，它都会加倍回报。

季羡林养的第一只猫名叫虎子，是只狸猫，家里人称之为"土猫"。虎子是个暴脾气，有一次季老的外孙到家里来，打过虎子一次，从此之后，虎子见着他，哪怕是隔着窗户只看见个影子，也会张牙舞爪，做攻击状。这导致

---

① 季羡林:《二月兰》,《悲喜自渡》，江苏凤凰文艺出版社2019年版。

小外孙每次来探望他,在家中走动时都得拿着竹竿,用以防身。

季羡林是懂猫的,他知道要制止猫做任何事情都是徒劳的。如果有人胆敢打它,它就会发起攻击。要想感化一只猫,最好的方法就是尊重它、溺爱它,直到它愿意敞开心扉,露出肚皮。想要像驯服狗那样让猫听话或者臣服,一定是没有结果的。

虎子来到家的第三年,季老家又多了一只叫"咪咪"的长毛波斯猫,家里人称之为"洋猫"。跟虎子不同,咪咪很胆小,性格温顺。季老本来以为两只猫会有一些摩擦,毕竟它们性格不同,品种也不一样。但没想到,虎子格外护着咪咪。季老吃饭时喜欢丢些鸡骨头、鱼刺之类的东西给它们吃,虎子就在一旁看着咪咪吃,从来不跟它抢。后来,咪咪当妈妈了,生了两只小猫。它自己不知道喂奶,到处闲逛,虎子可操碎了心,天天叼着没睁眼的小猫找咪咪,让它给娃喂奶。

每天晚上,虎子和咪咪争着到老人的床上睡觉。两只猫像两团重重的、毛茸茸的软团子。它们喜欢睡在老人的腿部,于是季老就在床上多铺了一块布,这样它们能睡得香些。有时候季老被这两只猫压得腿麻,半夜醒来,却不愿意动一动腿——他怕惊动了两只猫的美梦。

"它此时也许正梦着捉住了一只耗子。只要我的腿一动,它这耗子就吃不成了,岂非大煞风景吗?"①

咪咪不如虎子那么壮实,自季老养它的第八年,它的身体状况一天不如一天。以前极其爱干净的小猫,如今却很难控制得住自己的大小便。稿纸上,椅子上,床褥上,经常留下它的排泄物。季老当时已经八十来岁,拖着自己年老的身躯,趴在床下、桌下给它清理,每次清理完都要喘上半天的气。

最麻烦的就是拉在或者尿在稿纸上。有时候季老正在写文章,咪咪却直接在稿纸上"画起了地图",季老就只能赶紧抖一抖稿纸,等它干了再写。家里人笑话他,他权当听不见,也从不因此打咪咪。他觉得向弱者发泄,算不上英雄汉。

其实猫是一种极其爱干净的动物,它们每天会花上很长时间去梳理自己的毛发,而且会把吃饭和排泄的地方分开,每次排泄完也都会本能地刨土掩埋。大小便失禁对猫来说,就像一个明明爱干净却生活不能自理的老人,眼看着自己搞乱了生活却无能为力,这本身也是一种折磨。

到后期,咪咪大小便失禁的情况更严重了,家人要把

---

① 季羡林:《老猫》,《悲喜自渡》,江苏凤凰文艺出版社2019年版。

咪咪赶走。老人开始不同意,后来觉得也许外面的环境有利于它治病,就暂时把咪咪关在门外一个晚上。这个晚上,老人坐卧不安,做梦梦见的都是咪咪。他放心不下,第二天天不亮就披衣出去找猫。终于,在对面居室的阳台上,他看见一个白色的毛团,打着手电一照,就是咪咪。它喵呜喵呜地叫着,仿佛在抱怨:"外面好冷啊,我想回家。"

家人仍不同意将咪咪留在家里,老人就只能经常半夜出去看它。它经常待在临湖的石头缝中,见着老人,又喵呜喵呜地叫着,惹得人落泪。

"她的泪也引起了我的泪,我们相对而泣。"[1]

终于在某一天,它失踪了。从此,这个世界少了一只叫"咪咪"的长毛波斯猫,却多了一个思念猫的人。

季羡林养猫,家人并不是完全支持的,尤其是他的儿子季承。他觉得父亲养猫让家里人不堪其扰——有跳蚤,有屎尿味,有满地的猫毛。夏天,他经常被跳蚤咬一腿的包。而且,这几只猫没做过绝育手术,发情的时候,彻夜号叫。某天季承忍无可忍,就把父亲的几只猫用袋子一装,带去中国农业大学做了绝育。至于咪咪去世,季承

---

[1] 季羡林:《咪咪》,《悲喜自渡》,江苏凤凰文艺出版社2019年版。

在他的书里也有记载。咪咪死的前一天是有征兆的，它开始不吃不喝，就趴在湖边的石头上晒太阳，很疲倦很虚弱的样子。第二天，它就不见了，再也没回家。家里人都知道，只是觉得平常，它应该是自己躲起来悄悄地死了，不想让主人看着伤心。但是季老偏不信，他一个人独自出门去找咪咪，而且是"发疯似的去找"。我们无法真正看到季老当时的样子，但是仅仅是想象一下，那种背负着沉痛感出门又带着满满的失望回家的神情，也会觉得难过。

季老养猫是20世纪80年代的事情，那时候，给宠物猫驱虫、绝育、除味已都不是什么难事。所以，养猫的矛盾并不是不可调和，父子之间因为养猫引发的家庭纷争，实际上深层次的原因在于彼此之间的不理解——儿子觉得父亲可以和猫建立深厚感情却不愿意对家人多一些关心，而父亲则对儿子的某些做法不满。

季羡林九十岁的时候，写了一篇《九十述怀》，文中，他提到了他的家。他说他的家就他一个孤家寡人，但他却并没有感到孤独。因为除了人，家里还有别的成员，包括猫、乌龟、甲鱼……

虎子和咪咪去世之后，有故人担心季老独居寂寞，就帮他从家乡山东临清带来几只狮猫（季老在文章中多称它们为波斯猫，狮猫是原种波斯猫和本地鲁西狸猫杂交而成的品种）。山东临清，早在唐宋就已是繁华的商贸之地。山东临清的特产就是狮猫。有一次，摄影家魏德运正好拍下狮猫爬上季老脖颈的照片，这张照片被刊登在《人民日报》上，得到很多人的喜爱。

季老称这几只猫一点规矩也没有，不仅喜欢爬脖子，还经常在他裤腿上撒尿。但是这完全不能成为他不爱猫的理由，反而让他觉得它们天性自由、烂漫至极。夏天荷花盛开的时候，老先生会带着自家的猫咪出门纳凉。多数猫是怕水的，而他家的小猫毛毛有一次看到水中的月亮竟扑了进去，发现不对，又自己跳上岸。临清狮猫的敏捷果然名不虚传。

季老曾在文章中引用《临清县志·经济志物产》考证临清狮猫的来历，总结说，临清狮猫是从阿拉伯波斯一带传进来的，且非常珍贵。

担心自己为狮猫撰文，就会有人做"季羡林与猫文化研究"之类的课题，季老特意表示，不想再创造什么"猫文化"来平添烦恼。不过他又很纠结地说，自己的确很爱猫，很多文艺界的前辈都爱猫。爱猫是小事，无法与世界大局等相提并论，但对于爱猫的人来说，却是大事，因为猫带给人纯粹的快乐。

真正爱猫的人和被爱着的猫，可能于世界、于他人无关紧要，但却是对彼此非常重要的存在啊。

2002年，季羡林因为身体原因住院。住院期间，他仍挂念家里的几只猫。出院的时候，他自嘲说，从医院捡回一条命，终于能回家了。他从医院回到了北京大学内的朗润园，在院子里游荡的小猫看见老人的身影，马上蹿出来，围着他，黏着他。

梁实秋是季羡林的老友，自从梁实秋去了台湾，很多关于他的消息季老便只能在报纸上看到了。有次读报，季老看到梁实秋临终时仍对家中的猫念念不忘，不禁心有同感，唏嘘不已。

关于死亡，季老想得很清楚，人总是要死的，而他也并不怕死。北大燕园里，经常会响起救护车的声音，总有熟悉的老教授随着救护车的呼啸声，一去不返。

存于季羡林心中的，并不是对死亡的恐惧，而是对分别的忧伤。

"我还能不能再见到我离家时正在十里飘香绿盖擎天的季荷呢！我还能不能再看到那一个对我依依不舍的白色的波斯猫呢？"①

---

① 季羡林：《死的浮想》，《凡心所向，素履可往》，江苏凤凰文艺出版社2019年版。

纵使这一生有太多的不可言说，有猫陪伴，足矣。

猫以自己独特的方式，成了孤独灵魂的避难所。这是猫于这个有情世界最功德无量的事情了吧。

钱锺书和杨绛

温暖我们仨，
那只叫花花儿的猫

2016年5月25日,杨绛先生去世的消息在社交媒体上刷了屏,各大新闻网站也纷纷转载了此消息。这位一百〇五岁的老人,走完了她漫长且不平凡的一生。

就像杨绛所期望的那样,她和先生钱锺书、女儿钱瑗终于可以在天上团聚了。

我们在网络上可以看到一张珍贵的照片,照片拍摄于1950年的清华大学,是杨绛一家三口——不,应该是一家四口的全家福。照片中,杨绛女士坐着,钱锺书站在她身后,钱瑗笑着,如沐春风一般,而杨绛女士怀里还抱着一只极其娇小的奶猫。

很多人都是从《我们仨》这本书了解杨绛和钱锺书的。《我们仨》长期雄踞中国各大媒体畅销书排行榜。有人说,《我们仨》呈现出了人世间最理想的婚姻的模样。除此之外,这本书也呈现出了一个更加真实可爱的钱锺书。在人们的印象里,钱锺书先生是智慧、犀利的人,没想到在妻子的笔下,他丢三落四、笨手笨脚、不善交际、生活自理能力极差,像是个需要被照顾和保护的孩子。

1910年,钱锺书出生于江苏无锡的一个书香世家,父亲钱基博是教育家、古文学家,曾在清华大学、光华大学(今华东师范大学)等知名学府任教职。钱锺书,原名仰先,字哲良,后改名锺书,字默存,父亲希望他能做到君子慎言。

很多人知道杨绛是因为钱锺书,钱锺书称赞杨绛为"最贤的妻,最才的女"。要知道,能让钱锺书说出这样的话,真的不简单,他可是不经常夸人的。

钱锺书不爱夸人,即使夸人,也不忘挑出刺来。这显得他有些狂妄。不过,大才子恃才傲物,可是有资本的。外交家乔冠华赞叹他拥有摄影机式的记忆力,能过目不忘;著名翻译家、北大教授许渊冲说,他读书求学时才智过人,写文章或说话时妙语惊人,成为一代宗师后嘉勉后人。

而就是这样一个百年不遇的奇才和鸿儒,在妻子杨绛眼中,却是另外一个样子。

杨绛同样出身于书香门第，杨绛的父亲杨荫杭先后毕业于日本早稻田大学和美国宾夕法尼亚大学。辛亥革命后，他出任江苏高等审判厅厅长兼司法筹备处处长，后被任命为京师高等检察厅检察长。

杨绛1911年出生，比钱锺书小一岁。她先是在东吴大学读书，后来到清华大学借读。在清华大学期间，她认识了钱锺书，两人一见钟情。钱锺书把所有的刻薄都留给了外人，把所有的温柔都留给了家人。

有位英国传记作家形容最理想的婚姻是："我见到她之前，从未想到要结婚；我娶了她几十年，从未后悔娶她，也未想过要娶别的女人。"杨绛把这段话念给钱锺书，钱锺书说自己的想法和他一样，杨绛说她也是。

钱锺书和杨绛一生只有一个孩子，就是钱瑗。他们本来有机会生养更多的孩子，可是钱锺书认为，既然阿圆（钱瑗）这么郑重地选择了他们做她的父母，那他们也一定要对阿圆专一。"假如我们再生一个孩子，说不定比阿圆好，我们就要喜欢那个孩子了，我们怎么对得起阿圆呢？"[1]

---

[1] 杨绛：《记钱锺书与〈围城〉》，《将饮茶》，生活·读书·新知三联书店2015年版。

离开清华后,杨绛陪钱锺书在牛津大学深造。其间,她住院待产,钱锺书哭丧着脸过来跟她说,自己把墨水弄洒,把房东的桌布弄脏了。杨绛静静地听着,然后说:"不要紧,我会洗。"钱锺书再来医院时又告诉杨绛说,他把门轴弄坏了,杨绛说:"不要紧,我会修。"

结婚之前,杨绛也是十指不沾阳春水的大小姐;结婚之后,她是贤妻又是半个"慈母",家里的任何事,她都能搞定。而钱锺书也在为家人做力所能及的事。杨绛生完孩子出院,钱锺书很贴心地为她烧了一锅汤,欢迎新手妈妈回家。汤上还点缀着碧绿的蚕豆瓣呢!

1938年,杨绛和钱锺书回到国内,1949年,钱锺书回到清华大学任教,花花儿就是他们住在清华的时候来到他们身边的。花花儿是杨绛的亲戚从城里抱来的,是一只刚断奶的小猫。花花儿出身名门——母亲是只白色长毛的纯种波斯猫,然而它的毛色却是黑白杂色,不过长得极有腔调。

杨绛和钱锺书的朋友、师长里,有不少人喜欢猫。杨绛和钱锺书在清华大学的外文老师温德先生,家里就养了五六只暹罗猫,他喜欢请学生去家里吃茶点,听音乐。杨绛的父亲杨荫杭也喜欢猫,杨家是多猫家庭,家中的猫性格各不相同。"我父亲爱猫,家里有好几只猫。猫也各有各的性格。"①

  她曾回忆父亲养的几只爱猫，其中有只金银眼的白猫，真是桀骜难驯，从不亲人，杨家的小孩子们给它起名"强盗猫"，颇有点畏惧又看不惯的心态在里面。虽然家里有养猫的历史，但在花花儿来到家里之前，杨绛其实并不是爱猫之人。花花儿来到家里之后，杨绛和钱锺书慢慢习惯了猫的陪伴。

  花花儿是由李妈带大的。李妈喜欢猫，也格外会训猫。在那个还没有猫砂的年代，家里养了宠物猫后如何保持干净卫生，是个难题。有些不会训猫的，猫咪随地大小便，弄脏屋子的事情时有发生。比如住在北大燕园里的季羡林，就从来没想过要教猫上厕所，猫拉了就拉了，屋子再打扫就是了，尿了就尿了，衣服再洗就好了。

  不过花花儿很聪明，杨绛在文章里写道，李妈教了它一遍，它就会了，从来没有弄脏过屋子。她们给花花儿弄了一个白布垫子放在客厅里，它就乖乖躺在垫子上。有一次杨绛把垫子对折后忘了打开，花花儿就把自己变成长条形——都说猫是液体的，果不其然，它能把自己完美配适

---

① 杨绛：《回忆我的姑母》，《将饮茶》，生活·读书·新知三联书店 2015 年版。

到任何空间，可大可小。不仅睡姿规矩，花花儿的身手也很厉害："一次它聚精会神地蹲在一叠箱子旁边，忽然伸出爪子一捞，就逮了一只耗子。那时候它还很小呢。"[1]花花儿也很懂吃饭的规矩，只乖乖等，从不上桌。李妈常说花花儿仁义。

钱锺书格外喜欢花花儿。小猫淘气喜欢上树，可是上去之后又害怕不敢下来，钱锺书心疼猫，想方设法营救它。

小猫长大之后，到了会谈恋爱的年纪，爱叫唤，也会打架了。怕自家的猫吃亏，钱锺书干脆备上一根竹竿，听见猫的叫闹声，便拿上竹竿，亲自上阵，帮自己家的猫打架。林徽因女士家的猫和钱锺书、杨绛家的花花儿也是一对"情敌"，经常打架，自然免不了与钱锺书"对阵"。杨绛怕因此伤了两家和气，钱锺书却不以为意。

大概老北京养猫的名人家里都要备一根竹竿——鲁迅用竹竿赶流浪猫，钱锺书用竹竿跟林徽因家的猫打架，而季羡林则备一根竹竿，让自己的孙子防身，别被猫给打了。

---

[1] 杨绛：《花花儿》，《杂忆与杂写（一九三三——一九九一）》，生活·读书·新知三联书店2015年版。

至于钱锺书先生为了自家的猫跟林徽因家的猫打架，也是确有其事。1951年，钱锺书和杨绛到清华大学外文系主任吴达元家里拜访。当时，许渊冲也在场，亲耳听到了钱锺书与林徽因家的猫打架的趣事。

"我发现钱先生胖了，他们谈到邻居林徽因家的猫叫春，吵得他们一夜没有睡着，钱先生就爬起来拿根竹竿去打猫，讲得津津有味。"[①]

杨绛说钱锺书淘气又有点痴气，在对待猫的问题上，他的确如此。

不过，钱锺书和花花儿是互相成就的。钱锺书拿着竹竿助阵花花儿，花花儿为钱锺书研究学问增添了趣味。

南宋诗人吴惟信写过一首《咏猫》的小诗："弄花扑蝶悔当年，吃到残糜味却鲜。不肯春风留业种，破毡寻梦佛灯前。"钱锺书在这首诗的批注中特意提及自家的小猫咪，说："余豢苗介立叫春不已，外宿两月余矣。"这里的苗介立不是一个人的名字，而是他对自己的猫——花花儿的称呼。

为什么称呼花花儿为苗介立？

[①] 许渊冲：《钱锺书先生与我的信札掠影》，《读书文摘》2018年第4期。

这个典故出自唐代小说《东阳夜怪录》。有位秀才，夜行在渭南县，迷了路，只好在一间佛舍投宿。秀才在佛舍遇到了好几位兄台，其中有一位叫苗介立，他吟诗曰："为惭食肉主恩深，日晏蟠蜿卧锦衾。且学志人知白黑，那将好爵动吾心。"秀才听完连声称道，赞叹诗作精妙。

第二天，秀才和老僧交谈，才惊觉昨晚与自己相谈甚欢的都不是人，而是动物精怪，自称"苗介立"的老兄，正是猫儿所幻化出来的。

因为这样一则典故，钱锺书便经常称呼自己的猫儿是苗介立。

在《容安馆札记》中，钱锺书也给自家的猫咪花花儿留下不少笔墨。

据钱锺书回忆，花花儿刚到家里的时候，是只才三个月大的软软糯糯的小奶猫（此处与杨绛在《花花儿》中所说"刚满月"有出入），玩耍的时候没有分寸，经常把钱锺书和杨绛的手抓得满是血痕，着实让人懊恼；可看它依偎着人睡觉的样子，又觉得那能怎么办，只好选择原谅它。

"四年前暮春狸奴初来时，生才三月耳。饱食而嬉，余与绛皆渠齿爪痕，倦则贴人而卧。"[1]

---

[1] 钱锺书：《容安馆札记》，商务印书馆2003年版。

像其他猫一样，花花儿对圆形、能滚动的东西格外感兴趣，比如家里揉皱的纸团。花花儿玩纸团玩得非常上瘾。钱锺书形容它玩纸团的姿态是："或腹向天抱而滚，或背拱山跃以扑，俨若纸团亦秉气含灵……观之可以启发文机……"[①]

花花儿玩耍的样子可爱，睡着时候的样子也十分讨喜，尤其是夏天，"几欲效冰之化水"。一般人形容自己家的猫夏天的睡姿会是摊成一张大饼状，方便散热，但是在钱锺书笔下，就变成了柔弱无骨、千娇百媚。

猫带给人温暖，家里有猫，也让人对回家有了期待。

花花儿有自己的活动区域，洋灰大道就是区域的边界。有一次，杨绛去上课，花花儿就喵喵叫着来送她，杨绛赶它回去，它却一直送到洋灰大道才停下脚步，目送着她离开。"三反"运动期间，杨绛深夜才能回家，丈夫和女儿都不在家，一个人走夜路时难免觉得害怕，可是快到家里，就有了一些期盼，没那么害怕了，因为花花儿会在它的活动区域内等她。它会从草丛里蹿出来，从黑影里蹿出来，蹭着她的裤腿，用两只小爪子抱着她的脚踝。

后来，清华大学院系调整，一家三口需要搬家，他们

---

① 钱锺书：《容安馆札记》，商务印书馆2003年版。

需要从清华大学搬到北大的中关园。丈夫和女儿依旧没法陪伴，于是杨绛就自己一个人搬家，里里外外忙活，没顾得上猫儿。等到父女俩周末回来，一家三口再回到旧居把猫接过来。到了新家，怕猫认旧家会乱跑，就把花花儿关在家里三天，不让它出门。可是不久后，有一次，门一打开，花花儿像道电光一般冲出家门，再没了音讯。

花花儿不知所终。杨绛很伤心，钱锺书便安慰她说，中国有句古话：狗认人，猫认屋。他们都希望花花儿只是找自己熟悉的家去了。

嘴上是这么说，可钱锺书并没有放下。他总是想起花花儿，还引用《湘绮楼日记》中的内容表达这种心情："马失三年。至今犹念其驯驶。若留之。当已早死。不如此有未尽之思也。"意思是说，朝夕相伴的马走失已经有三年了，和它一起出行的日子仍历历在目，若它还在，可能已经死了，不像这样让人有不尽的思念。

钱锺书对很多事都不在乎。《围城》是他在20世纪40年代写出的长篇小说。20世纪80年代，《围城》被搬上大银幕，进而家喻户晓。人们因为这部戏知道了钱锺书，一时间，钱锺书成为明星学者。伴随出名而来的褒奖和贬损，他看起来并不在意。

可是，那夺门而去的花花儿，他却无法不在乎。

杨绛在干校守菜园期间，大家集体收养了一只流浪狗，给它取名"小趋"。小趋也是一只仁义的小狗，杨绛和钱锺书有时给它东西吃，杨绛独自一人守菜园的时候，它就陪着杨绛等钱锺书。它远远看见钱锺书，就会摇着尾巴，十分热情地迎上去。后来，杨绛需要巡夜，小趋也会从黑暗中蹿出来，陪着她巡夜。这让杨绛想起因为搬家失散的花花儿。一家三口迁至中关园的时间是1952年，从此之后的半个世纪，他们家再也没有养过猫。

1997年，女儿钱瑗因为脊椎癌去世；1998年，钱锺书以八十八岁的高龄去世。谈到这段世纪姻缘，杨绛说："我最大的功劳是保住了钱锺书的淘气和那一团痴气。这是钱锺书的最可贵处。"[1]

钱锺书去世时，杨绛在场，钱锺书有一只眼睛没有合上，她便轻轻地在他耳边说："你放心，有我哪！"

两年之内，送走自己的独生女，又送走自己的老伴儿，很多人担心杨绛承受不住。然而，她比人们想象的要坚强得多。

"锺书逃走了，我也想逃走，但是逃到哪里去呢？我

---

[1] 杨绛：《钱锺书生命中的杨绛》，《杂忆与杂写（一九九二—二〇一三）》，生活·读书·新知三联书店2015年版。

压根儿不能逃,得留在人世间,打扫战场,尽我应尽的责任。"所谓"打扫战场"便是整理钱锺书的遗稿,交付出版,还有为女儿写下了《我们仨》,为自己写下了《走在人生边上》等。

2016年5月25日凌晨,杨绛先生于北京协和医院逝世,享年一百〇五岁。2001年,她代表一家三口,将他们夫妇二人2001年上半年所获稿酬现金72万元及其后出版作品获得报酬的权利,捐赠给清华大学教育基金会,设立"好读书"奖学金基金,以帮助家境贫寒的学生。在去世之前,她的所有财产均已捐赠给国家博物馆或者其他有关单位。这是她早就计划好的。临行前,她挥一挥衣袖,什么都没有带走。

杨绛晚年时,作家李黎曾几次拜访她,并寄送了许多印有猫咪的月历或者明信片。她知道杨绛一家喜欢猫,所以送关于猫咪的小玩意儿,准是没错的。

有一次,李黎带了一本全是猫咪图像的书给杨绛。杨绛格外喜欢,她翻着书说圆脸的猫好看,还指着一只圆脸、黑毛、白爪子的猫说像花花儿。

虽然花花儿已经离开很久了,但是她从未忘记它。她觉得每一只可爱的猫,都像花花儿。

徐志摩

天堂里有没有猫来猫往?

1931年11月21日,上海《新闻报》登载了这样一则新闻:

"中国航空公司京平线之济南号飞机,于十九日在济南党家庄附近遇雾失事,机既全毁,机师王贯一、梁璧堂及搭客徐志摩,均同时遇难。华东社记者,昨往公司方面及徐宅访问,兹将所得汇志如后。

失事情形:济南号飞机,于十九日上午八时,由京装载邮件四十余磅,由飞机师王贯一、副飞行师梁璧堂驾驶出发,乘客仅北大教授徐志摩一人,拟赴北平。该机于上午十时十分飞抵徐州。十时二十分,由徐继续北飞,是时天气甚佳。不料该机飞抵距济南五十里党家庄附近,忽遇漫天大雾,进退俱属不能,致触山顶倾覆。机身着火,机油四溢,遂熊熊不能遏止,飞机师王贯一、梁璧堂,及乘客徐志摩遂同时遇难……"

这则新闻陈述了一件令人心痛的惨祸。飞机失事，同机的三人生命戛然而止，而其中唯一的乘客，正是我们所熟知的诗人徐志摩。

徐志摩的友人们先后得知了他罹难的消息，都悲痛不已，纷纷赶往济南。作家沈从文早年受到徐志摩的提携和襄助很多，他能为上海《新月》杂志长期撰稿，以及后来能够去青岛大学教书，很大程度是得益于徐志摩的鼎力推荐。当从电报得知徐志摩去世这样惊天的噩耗，他尤其悲痛，放下手边的一切事情，跑到济南去帮助料理徐志摩的后事。看到额头上被炸出大洞、手脚焦黑的友人，沈从文内心五味杂陈。沈从文在济南待了好几天，在一切安顿妥当后才返回青岛。

据说，徐志摩搭飞机是计划去听林徽因的演讲。这是林徽因筹办的关于中国建筑艺术的演讲会。1931年11月18日凌晨，徐志摩先坐车从上海赶到了南京。到了南京，徐志摩本来是准备搭乘张学良的专机去北京。但是，不凑巧，张学良因事不立即返京，徐志摩又赶着去听林徽因的演讲，于是选择搭乘"济南号"邮政飞机——因为和朋友关系好，所以徐志摩能够长期免费搭乘。不料，他在这次飞行中遭遇了不幸。

徐志摩的诗歌家喻户晓,他的感情生活同样为人们所熟知。在和陆小曼结婚之前,徐志摩有一位妻子,叫张幼仪。两人结婚的时候,徐志摩十八岁,张幼仪十五岁。当时徐家在浙江海宁经营实业,家底丰厚,徐志摩是家中的长孙独子,生活条件优渥。张幼仪的家境也不错,她出身于江苏宝山的一个显赫世家,兄长是后来著名的政治家、哲学家张君劢。看起来,这对新人是标准的门当户对。促成这桩婚姻的各方都很高兴。

但是徐志摩不高兴。他觉得张幼仪是传统家庭的女子,而他想要娶的是一位新式妻子,所以两个人在这段婚姻当中只是完成了传宗接代的任务,感情并不好。徐志摩和张幼仪的长子,小名叫阿欢,出生在国内。阿欢出生后不久,徐志摩就去了国外留学。后来,张幼仪远赴英国去找徐志摩。当时,徐志摩对张幼仪态度非常冷淡,并表达了离婚的意愿。张幼仪没办法,只得离开英国。后来,她在德国柏林产下了小儿子,取名彼得。

打定主意要跟张幼仪分开的徐志摩,对妻儿是冷漠的。彼得出生后不久,徐志摩来到了柏林。然而,徐志摩来柏林,看孩子不过是顺道,他主要是来找张幼仪签离婚协议的——这也是中国历史上第一桩依据《民法》的离婚案。1922年,张幼仪和徐志摩在德国离婚,而彼得自出生后便体弱多病,三年后,在德国去世。

徐悲鸿是徐志摩的朋友。1929年,在"第一届全国美术展览会"期间,徐悲鸿同徐志摩就是否引进西方现代主义画家的作品,展开了一场论战。这是一场写实主义艺术观与现代主义艺术观的交锋。这场论战对当时的中国美术界有深远的影响。1930年,距离两人论战不到一年,徐悲鸿画了一幅《猫》送给徐志摩,并在画作上留下了颇有揶揄意味的题跋:"志摩多所恋爱,今乃及猫。鄙人写邻家黑白猫与之,而去其爪,自夸其于友道忠也。"

这幅《猫》后来亮相于北京传是2011年春拍上海巡展会,有藏家愿意出价超千万元买下。这真是一只天价的猫了。

徐志摩的确爱猫。他曾写过一篇夸赞猫的文章:

"我的猫,她是美丽与壮健的化身,今夜坐对着新生的发珠光的炉火,似乎在讶异这温暖的来处的神奇。我想她是倦了的,但她还不舍得就此窝下去闭上眼睡,真可爱是这一旺的红艳。她蹲在她的后腿上,两条前腿静穆地站着,像是古希腊庙槛前的石柱,微昂着头,露出一片洁白的胸膛,像是西伯利亚的雪野。她有时也低头去舔她的毛片,她那小红舌头灵活得如同一剪火焰。……火的光在她的眼里闪动,热在她身上流布,如同一个诗人在静观一个秋林的晚照。我的猫，这一响至少，是一个诗人，一个纯粹的诗人。"①

徐志摩把自家的猫称为一个纯粹的诗人。显然，没有哪只猫有吟诗作画的灵性，有人说，徐志摩用猫暗指自己心仪的女子。

徐志摩遇难后，另有一个人提到了徐志摩与猫，那就是胡适。徐志摩有一段时间住在胡适家中。他最喜欢胡适家中一只叫"狮子"的猫，一人一猫经常闹作一团。徐志摩去世后，胡适写了一首诗，名字叫《狮子——悼志摩》。

狮子蜷伏在我的背后，软绵绵的他总不肯走。我正要推他下去，忽然想起了死去的朋友。一只手拍着打呼的猫，两滴眼泪湿了衣袖；"狮子，你好好的睡罢，——你也失掉了一个好朋友。"

胡适跟徐志摩关系很好。1931年，胡适力邀多位先生回北京大学任教，其中就有徐志摩。胡适是个交友广泛的人，当时有一句玩笑话，叫"我的朋友胡适之"，可见其朋友之多。徐志摩算是其中与胡适交往较为密切的。

---

① 徐志摩：《一个诗人》，《声色》1930年6月创刊号。

1931年，徐志摩受聘北京大学任教授。当时，徐志摩住在上海，家庭生活不是很愉快，经济上也较为拮据，胡适便邀请他出来走走，换换环境。于是，徐志摩开始两地跑，每个月都往返于北京和上海之间。

在北京教课期间，徐志摩就借住在胡适家楼上。胡适喜欢养猫，徐志摩自己也养猫。徐志摩的猫名叫法国王。他养了这只猫两年，经常抱着它睡觉。

法国王还曾经让徐志摩和陆小曼之间产生过误会。这只猫是韩湘眉送给徐志摩的。韩湘眉是美籍华人学者，也是我国最早的大学女教授之一，在20世纪二三十年代的中国文坛，韩湘眉和冰心、林徽因、凌叔华并称四大美人。

彼时，徐志摩被聘为北京大学教授，需要在北京和上海两地来回奔波，猫咪自然是不方便一起颠沛流离，于是就留在家里给陆小曼养。韩湘眉得知之后自然是不放心的。她隐隐觉得陆小曼是娇生惯养的大小姐，自己都照顾不好，那法国王跟她在一起，指不定要受什么罪，所以就把猫要了回去。徐志摩怕陆小曼因为此事心里不舒服，便在信中说：

"车上大睡，第一晚因大热，竟至梦魇。一个梦是湘眉那猫忽然反了，约了另一只猫跳上床来攻打我；凶极了，我几乎要喊救命。说起湘眉要那猫，不为别的，因为她家后院也闹耗子,所以要她去镇压镇压。她在我们家,终究是客,不要过分亏待了她,请你关照荷贞等,大约不久,张家有便,即来携取的。"

而就在飞机出事前一晚,徐志摩还去了张歆海和韩湘眉夫妇家,与友人相谈到很晚。韩湘眉还开玩笑似的问徐志摩,这次坐飞机,小曼说什么没有。徐志摩依旧是洒脱的风格:"小曼说,我若坐飞机死了,她做 Merry Widow(风流寡妇)!"

一语成谶,就在十几小时之内,徐志摩便因空难去世。

韩湘眉在悼念文字《志摩的最后一夜》中又提到了送给徐志摩的那只猫。

"志摩!在你独坐的当儿你想些什么?那时曾否从另一世界有消息传来?志摩!你曾否听见轻微的,遥远的声音呼唤你?你又同得你眷爱的'法国王'(猫名 Dagobert)玩耍。它在你家住过两年,你说你常搂着它睡。我因你去北京,将它领回。每次你来,它总跳伏在你的怀里,可怜的猫,从此不用它再想有那般温存它的人。"[①]

在北大教书的时候,徐志摩有一个学生,名叫卞之琳,就是那个写出"你站在桥上看风景,看风景人在楼上

[①] 韩湘眉:《志摩的最后一夜》,1931 年 12 月 10 日。

看你。"明月装饰了你的窗子,你装饰了别人的梦"的卞之琳。在徐志摩逝世两周年之际,卞之琳写了一篇诗歌悼念徐志摩,其中有几句是这样写的:

> 飞去了一团火,一股青春,
> 可不是!你知道,你在挥
> 一挥衣袖后边的朋友
> 二年来该谁也加重了二十岁,
> 不然为什么在这种黄昏天
> 就卷缩到屋角里的炉边去
> 瞌睡,像一只懒猫……

诗中,"挥一挥衣袖"是向徐志摩《再别康桥》中的诗句"我挥一挥衣袖,不带走一片云彩"致敬;而"懒猫"则是因知道徐志摩爱猫而使用的典故。

徐志摩去世时所乘坐的是一架邮政飞机,机票是在航空公司工作的友人保君健赠送给他的。保君健本来是出于好意,看徐志摩经常两地往返,单单在交通上就要花很多钱,所以就送给他一张长年的免费机票。当时的人对坐飞机这件事,都觉得有点恐惧。友人也曾经提醒过徐志摩,这样的飞机不太安全,还是少坐为好。但是,出于种种原因，他还是坐了。

徐志摩死后，张幼仪一直侍奉着前公公徐申如，培养儿子阿欢，打理着徐家的产业。张幼仪晚年时，有人问她究竟爱不爱徐志摩。张幼仪回答说："我对这问题很迷惑，因为每个人总是告诉我，我为徐志摩做了这么多事，我一定是爱他的。可是，我没办法说什么叫爱，我这辈子从没跟什么人说过'我爱你'。如果照顾徐志摩和他家人叫作爱的话，那我大概爱他吧。在他一生当中遇到的几个女人里面，说不定我最爱他。"

徐志摩在世时，曾在文章中跟陆小曼揶揄家里淘气的法国王，说在写东西的时候，这只小猫抓破他的稿纸，袭击他的笔尖，踹翻他的墨水瓶。但是，他一点儿也不埋怨这只小猫，反而觉得这样的捣乱是很甜蜜的。他希望小猫常在他的左右，而其实，他想说的是："我只要你（陆小曼）小猫似的常在我的左右。"

是非、爱恨早已随着时间的流逝而湮灭。如果人生能够重来一遍，不知道徐志摩会不会做出不一样的人生选择。

在徐志摩三十四年短暂的人生旅程中，如果说有什么是让他深陷其中又没有带给他忧愁的，他心里惦念的那只猫或许会是其中之一吧。

冰心

世间猫千万，
我只要咪咪

20世纪初,上海商务印书馆出版了我国第一套童话类期刊。该刊刊登的第一篇作品名字叫《无猫国》,故事讲的是:一个贫穷的孤儿在富翁家打工,富翁的女儿在新年的时候给了他一百元压岁钱。孤儿想来想去,觉得应该用这一百元钱买只猫,因为他住的地方老鼠实在是太多了。孤儿买来的这只猫是捕鼠能手,它来了之后,老鼠都被消灭了。后来富商出远门经商,带着这只猫去了海外。他们所到的国家恰好有严重的鼠患,富商便将这只猫送入了王宫。猫大显身手,帮助国王消灭了鼠患。国王非常高兴,重金赏赐了富商。富商回国之后,把赏金悉数交给了孤儿。后来,孤儿用这笔钱勤学苦读,成为一名满腹经纶的学者。

这本和猫有关的童话书问世之后,受到全国小朋友的热烈追捧。

1910年,一个福州书香世家的小朋友,收到舅舅从上海带回来的好几本故事书,其中一本就是《无猫国》,这是她第一次读到专为儿童写的文学作品。

这位小朋友名叫谢婉莹,就是我们熟悉的作家冰心。童话故事里的猫很能干也很可爱,但是小时候的冰心对猫却是没什么好印象的。她家里也从未养过猫。

"谚语说'狗投穷,猫投富'。猫会上房,东窜西窜地,哪家有更好的吃食,它就往哪家跑。"①

冰心出身于富裕之家,家里曾养马。1913年,举家搬迁到北京之后,养马的地方不够,家里就养了很多狗,其中有会抓老鼠的黄狗,还有名贵的"北京狗"。这只"北京狗"名叫小花,是冰心母亲最爱的狗,毛色黑白相间,十分可爱。冰心的母亲对它非常宠爱,只允许它近身,还会用红头绳把它眼前的长毛发扎成一根冲天辫。1927年,冰心全家又从北京搬到上海,家里的狗也一并被带了过去。只是到了上海,小花丢了。为此,冰心的母亲难过了好一阵子。

对于我们大多数人来说,提到冰心,首先想到的就是

---

① 冰心:《漫谈赏花和玩猫》,《冰心近作选》,作家出版社1991年版。

慈眉善目的老奶奶。她写治愈的童话，勉励小读者，她有句名言对我们影响至深："有了爱就有了一切。"这些会让人们以为她一定是个极其温和的人，但是熟识冰心的人恐怕不同意这个看法。

冰心成名很早，二十多岁就已经名满天下，并且在清华大学兼任教师。季羡林当时在清华读书，很想一睹这位女作家的风采，就和同学一起溜进冰心的课堂。他本以为，这样的课堂应该是欢迎所有的学生旁听的，没想到，不苟言笑的冰心一走上讲台"便发出狮子吼：'凡不选本课的学生，统统出去'"。

冰心和梁实秋是好友。梁实秋直言，初识时自己的这位老友是"一个不容易亲近的人，冷冷的好像要拒人千里之外"，接触多了才发现她只是习惯"对人有几分矜持"。

冰心曾说，她最喜欢玫瑰花，是因为玫瑰花有坚硬的刺，浓艳淡香都掩不住它独特的风骨。她也曾写道："我一生九十年来有多少风和日丽，又有多少狂飙暴雨，终于过到了很倦乏、很平静的老年，但我的一颗爱祖国、爱人民的心永远是坚如金石的。"可见，冰心老人有柔软的情怀，也有坚硬的风骨。她并不冷酷，只不过对人对事有自己的态度和底线罢了。

态度一旦形成，是不容易被改变的，但是对小动物却总有例外。

1923年,二十三岁的冰心在美国养病,医院里有一只毛皮油光水滑的黑猫。她一直觉得猫看起来很狡猾,又喜欢抓人,所以对这只小黑猫没什么好感。然而,这只小黑猫却在她住院的第二天便溜进她的病房,趴在她的胸口上。冰心害怕猫睡着时的呼吸声,又因害怕它抓伤自己而不敢赶走它,因此十分焦躁。可是,后来,她喜欢上了这只小黑猫,因为她发现它并不会抓人,性格也活泼可爱。她对猫的态度随着了解的深入而发生了改变。

1947年,冰心和丈夫吴文藻到了日本后,有人送给他们的孩子们一只白狗和一只黑猫。猫和狗相处得十分融洽,猫如果回家晚了,狗都不肯睡觉的。孩子们也喜欢这两只小动物。冰心一家回国时,不得已将它们托付给了别的小朋友。

在日本,是小猫来到了冰心家,而在北京,冰心主动养起了小猫。

1983年,冰心一家搬进位于北京民族学院高知楼的新居。当时北京不允许养狗,他们就决定养只猫。正巧好友家的猫刚生了小猫,小女儿吴青便抱了三只小白猫回来让老人选。冰心喜欢白猫,但是三只白猫怎么选呢?冰心可没有犹豫,一眼便相中了那只黑尾巴、背上有黑点的长毛白猫。冰心选它的理由是："这猫是有名堂的，叫'鞭打绣球'，就要它吧。"

这只猫的名字叫咪咪，不仅品种和季羡林家的猫一样，就连名字都是一样的。咪咪喜欢跑到冰心的屋子里，卧在她的被子上，还喜欢在老人伏案写作的时候躺在她的桌子上，有时翻滚，有时伸出前爪逗人。每天早晨或午后，冰心就拿出早已经准备好的广州精制鱼片，撕成一小片一小片的来喂它。咪咪吃完这美味的点心，就会顺着老人手指的方向，跳到老人床上，蜷缩成一团睡觉。

冰心对咪咪的评价是："一只小猫便也是个很好的伴侣。"咪咪既会逗趣，又有分寸，不正是一个很妥帖的陪伴者吗？

冰心1980年的时候得了脑血栓，后来又摔了一跤导致胫骨骨折，她本身就是一个需要照顾的人。所以，平时，小猫咪咪的吃食和卫生都是由小女儿吴青和她的丈夫陈恕来负责的。冰心总说咪咪是小女儿吴青养的，就是这个原因。

冰心虽然口中说咪咪不是自己养的，但是对它的爱却一点也不少。她每天会给咪咪喂两次鱼片。对此，她特意强调说，之所以要喂咪咪鱼片，不是因为溺爱它，而是因为："不把它打发走，我是什么事也做不成的。"然而，没有主人的溺爱，哪能养成这样的习惯呢？曾有友人拜访冰心时看过老人喂咪咪鱼片的场景，老人打开书桌的抽屉，那里面的鱼片可是塞得满满的。

后来，家里又来了一只猫，名叫奔儿。奔儿十分淘气，总是跳到咪咪身上，逗咪咪似的咬它。咪咪多数时候不跟它一般见识，特别生气的时候才会回咬它。冰心为咪咪"打抱不平"，从来不给奔儿鱼片吃。

冰心还总是夸咪咪，说它是上了"猫谱"的，有名字的，又说它特别聪明，能听得懂英文。咪咪不是胆小的猫，家里有客人来时，它会跳上书桌，坐在冰心和客人中间。冰心便夸奖咪咪是一只好客的猫。咪咪不仅能招待客人，还喜欢拍照。但凡有客人来访，在拍照的时候，女婿陈恕总是将咪咪放在他们中间——这导致老人和咪咪的合照有一大堆。

冰心和夏衍关系很好。冰心喜欢长毛的白猫，夏衍喜欢短毛的黄猫。夏衍还给猫按毛色排了序：黄猫最好，其次是黑猫，之后是花猫，白猫排在最后。这对于爱白猫的冰心来说自然是不能接受的。

冰心把这段轶事写进文章《漫谈赏花和玩猫》里。当然，她还不忘在文章里点了某种颜色的猫的名。她说夏衍的黄猫常常跑丢，希望新来的两只小黄猫别再跑丢了。

话虽是这么说，但实际上，猫会不会走失和品种、毛色的关系不大。冰心家的猫也不慎走失过，寝食难安的老人手写了一大堆寻猫启事，让女儿张贴出去。所幸咪咪失而复得。

有一次，夏衍来看望冰心，说自己查了不少资料，冰心养的这只猫不叫"鞭打绣球"，应当叫"挂印拖枪"，身上的黑点是"印"，黑尾巴是"枪"。对这个名字，冰心在文章中回应说："这说法似乎更堂皇一些。"[1]

冰心很长寿。她生于1900年，去世于1999年，完整走过了20世纪的一百年，所以大家称呼她为"世纪老人"。科学研究表明，有猫陪伴的独居心脏病患者，心脏病发作的死亡风险降低了33%；经常有猫陪伴的人，不容易沮丧和抑郁；老年人养猫或狗，可以有效缓解阿尔茨海默病。所以，或许，冰心的长寿也有咪咪的一份功劳。

冰心曾考虑过人和猫究竟谁能够陪伴谁更久的问题。她在一篇文章里谈到了这个问题，还做了一个预测。

"咪咪现在四岁多了。听说猫的寿命一般可以活到十五六岁。我想它会比我活得长久。"[2]

---

[1] 冰心：《养猫》，《养猫 阿咪》，人民文学出版社2017年版。
[2] 同上。

十一年后，也就是1999年，冰心在北京去世，享年九十九岁。冰心去世的第二天，咪咪也悄悄地离开了人世。

已故的咪咪被冰心的小女儿吴青做成猫标本，安顿在福建长乐"冰心纪念馆"中冰心生前的书桌上。这也是咪咪生前最喜欢待着的地方之一。

冰心猜对了，果然咪咪比她活得久，但她没想到的是，咪咪只比她多活了一天，或许也不是多活，只是为了送主人远去，完成最后的陪伴。

这大概就是一只猫所能给予的所有深情。

潘吴湖帆和吴静淑

金危危日,来画猫吧!

猫蝶图是中国画的常见题材,因为猫蝶谐音耄耋,耄耋有高寿之意,正如《聊斋志异·钟生》中所说:"君无大贵,但得耄耋足矣。"所以猫蝶图往往象征着长寿。有不少名人都喜欢画猫蝶图,比如宋代的皇帝宋徽宗画猫蝶图就是一把好手。他的《猫蝶图》一出,风靡一时,还出了不少仿品,可见大家对这个题材的喜爱。

猫蝶图还被运用在一些器物上,比如北京故宫博物院现藏"珐琅猫蝶图烟壶",腹壁描绘了一只白猫在花丛中捕捉蝴蝶的场景,猫的神态灵动自然,毫毛毕现;端石猫蝶砚,砚面上的浮雕图案也是猫扑蝴蝶,并以端石的自然石眼作为猫的眼睛和蝴蝶翅膀上的斑点,构思奇巧。

猫画除了用于祝福,还可用于辟邪。中国古人认为,在"金危危日"(癸酉日)画猫,有避火、生财、镇鼠之效。

黄汉在《猫苑》中记载："吴小亭家藏王忘庵所画《乌猫图》，自题十六字云：'日危，宿危，炽尔杀机。乌圆炯炯，鼠辈何知？'余按家香铁待诏，重午画钟馗，诗云：'画猫日主金危危'，则知危日值危宿，画猫有灵。必兼金日者，金为白虎之神，忘庵句盖本乎此。"

这段话的意思是说，吴秉权这个人收藏了王武的《乌猫图》，画中的"日危，宿危，炽尔杀机"，大家一直不明白是什么意思。根据翰林待诏在诗中的"画猫日主金危危"句我们可知，在危日且值神是危宿的那一天，画出的猫有灵气。因为五行中的金象征着四神中的白虎，王武的诗句大概源于此。

时间倒流回一个世纪之前，在上海画坛有一对名气响当当的夫妇，也是资深猫奴。他们就是吴湖帆和潘静淑夫妇。他们的书房名叫"梅景书屋"。在梅景书屋中，他们养过金银眼小猫、白狮猫等名种猫。潘静淑格外宠爱自己养的那只白色狮猫，对待它就像对待自己的孩子。狮猫淘气，经常闯祸，有一次咬了一只鸟，潘静淑专程去赔礼道歉，还赔了钱。狮猫生崽，潘静淑怕它奶水不够，就用橡皮管喂奶给猫崽。有时候她早早起来，就跟猫逗着玩："1931年4月30日：七时半起身，玩大狮子猫半晌。"吴

湖帆说夫人潘静淑从小时候起就喜欢猫："夫人之爱猫入骨，自小即如此，其性喜也。"（吴湖帆：《丑簃日记》）

吴湖帆和潘静淑夫妇喜欢猫，也喜欢与猫有关的字画及器物，收藏了不少猫画。他们也喜欢画猫，并笃信"金危危日宜画猫"的说法，会选择在金危危日画猫。为了能在金危危日当天完成猫画，他们在之前将画作的大部分完成，只待当日给猫画上眼睛即可。1937年恰好有两个金危危日，夫妇二人刚在第一个金危危日完成猫画，潘静淑就又画了一只猫，预备着在下一个金危危日再给猫点睛。

1939年6月29日，潘静淑突发阑尾炎却不愿就医，最后因病离世。潘静淑生前，狮猫经常陪着她睡觉；潘静淑去世之后，狮猫还在主人生前的卧室里东嗅嗅西嗅嗅，仿佛在寻找着什么。它不知道主人已经不在了，跳上床寻找，发现床上躺着的是吴湖帆，难掩失落。

"1939年10月11日：至七时张目，适对夫人遗像……大狮猫跳至床上，睡余身旁。前晚此猫初跳上床，旋转片刻，忽来嗅余面，嗅而转身即走，看它徘徊地板上，似有寻人模样，后跳上来睡身旁，盖第一次误认余为夫人。此床本夫人所卧，余于其终命后迁卧此榻，而猫则不知也。"（吴湖帆：《丑簃日记》）

后来,在潘静淑逝世百天之时,吴湖帆在卧室墙上悬挂爱妻的遗像。之后,他坐在遗像之下,拍照纪念,而猫就蜷伏在他身上,仿佛知道这是最后的合照。

夏衍

老猫撑着最后一口气,只为再见一面……

名人中爱猫成痴的，非夏衍莫属了。

夏衍，原名沈乃熙，1900年出生在浙江杭州，是著名的作家、编剧，中国左翼电影运动的代表人物，曾经担任过文化部副部长，也是中国最早一批电影人之一。

夏衍喜欢猫，要追溯到他的童年时期。那时候家里并不富裕，养蚕是主要的生活来源。夏衍的母亲是养蚕高手，夏衍从小就给母亲打下手。养蚕是一项精细活，蚕格外怕老鼠，为了防老鼠，家里就养了猫。夏衍说母亲特别爱猫。他受到母亲的影响，也喜欢猫。

小时候的夏衍非常宠猫，宠到什么程度呢？他经常去陈家荡给猫钓鱼吃，有一次为了给猫钓鱼，失足落水，差一点儿淹死。

后来，夏衍离开母亲去外面读书。一个人在外，总是感到孤独，而经常陪伴他的就是舅舅家那只善解人意的小花猫。

科学实验证明，人在悲伤的时候，往往更需要触觉而不是视觉上的抚慰，所以摸摸猫、抱抱猫是非常有效的疗愈方法。哪怕只有短短十分钟的时间，人体内的悲伤因子也会显著减少。因此对于夏衍来说，这个世界有猫真好啊！这个孤独的少年从猫的陪伴中获得了温暖。

夏衍和妻子的浪漫爱情故事中也有猫的影子。夏衍的妻子是浙江德清的富裕人家蔡氏家族的长女，年轻时，妻子对夏衍的爱称就是日语的"猫"。

夏衍和冰心是好朋友。他们聚在一起时，经常谈论猫。两个人会为究竟是白猫好还是黄猫好而争论得不可开交，这件逸事在他们的朋友圈很有名。

夏衍爱猫，不只停留在嘴上，他养猫是极细致的。在那个物资匮乏的年代，很多人都是找点剩饭给猫凑合一顿，夏衍家却有"猫饭"，而且是独家配方。

夏衍的孙女沈芸这样总结爷爷做猫饭的过程：极精细，极有耐心，并且讲究科学搭配。这独家配方的猫饭是用带鱼头和玉米面糊糊烧成的，烧的时候要有耐心，要小火勤搅拌，直到把玉米面搅成稀糊状，不能结块。后来，夏衍还在猫饭中加入了切碎的洋白菜，以改善猫咪肠胃。

乍一听，感觉夏衍家生活条件优渥，猫也跟着享福，其实并非如此。爱猫的人都懂，真正爱猫，不在于给猫花多少钱，而在于对猫用多少心。夏衍只是更心疼猫，愿意花更多的时间、更多的心思照顾猫而已。

实际上，夏衍本身并不会做饭，但却是做猫饭的一把好手。到了晚年，夏衍需要拄着双拐，一只眼睛也几乎失明。但是，他给猫做饭时，仍细细地搅，慢慢地拌，没有丝毫糊弄。

除了自己做猫饭，夏衍还会想办法给猫弄点好吃的。夏衍的孙女回忆说，爷爷因为工作需要在外面吃饭时，会"偷偷"把好吃的装在烟盒里带回来。这是为了给黄猫大黄（也叫博博）的伙食里加点油水。结果，他自己的衬衫上常有油渍。

看夏衍抱着猫的照片，他的脸颊是瘦削的，而怀里的猫却是胖胖的。这胖胖的身材便是主人对小猫爱的证明。

夏衍年岁大了之后，好像对一切都看得很淡，唯独对猫，始终牵挂于心。

有一年冬天，夏衍应邀参加广东省文联成立大会。其间，他随大家同游广州时却突然说："我想回去，回北京去。"

同行的人很诧异，就问："为什么？"

夏衍不好意思地笑笑:"我想我的猫。"

夏衍晚年写家信时,不忘叮嘱家人,照看好猫。

"委托你的事不要忘记,好好照顾球球、黄黄(他的两只黄猫),及不让它们上树。"(1986年5月)

猫在夏衍家的地位很高,不亚于他的孩子。夏衍从不给猫做绝育手术,希望它们能自由恋爱。春天,猫会去屋顶闹春。要是发现猫一整夜都没回家,夏衍会很着急,全家人都要上屋顶去找猫。而等猫回来了,夏衍还要埋怨它几句:"你们昨天晚上是开会了吗?开得这么晚!"[1]

夏衍爱猫,就像父母宠爱孩子,看到了新奇的东西,也想买来,让它们试一试,玩一玩。

1986年,夏衍给日本学者阿部幸夫写信,他先是谈论了日译本出版的大事,之后话锋一转,对阿部幸夫说,自己在中国的报纸上看到日本有"喜猫草"这种植物,猫非常喜欢,能不能给自己找一点种子,并在信中附上了剪报。

这是怎么回事呢?原来,有一天,夏衍翻阅《新民晚报》时看到一则消息,那本来是一条普通的社会新闻,但夏衍竟然在其中发现了养猫的细节。于是,他赶紧找日本朋友求证。

---

[1] 裴毅然:《夏衍与猫》,《羊城晚报》2006年1月6日。

夏衍寄给阿部幸夫的剪报是这样写的：一位日本医学专家到欧洲开学术会议，东道主邀请日本专家到家中聚餐，没想到家中的几只猫围在他身边不断地嗅蹭，异常温驯和兴奋。周围的人都啧啧称奇。原来这位日本专家的口袋里藏了一把从日本带来的植物——"喜猫草"……

喜猫草就是今天我们常见的猫薄荷，不过在当时，那可是国人没怎么听说过的高级玩意儿。夏衍不但要了解个究竟，还希望日本朋友帮忙代购。这样看来，夏衍也算是海外代购猫咪产品的先行者了。

其实，夏衍是个生活简朴的人，但是给猫花起钱来却从不含糊。他还是个很怕麻烦别人的人，每次请别人帮忙都会多次道谢，但是为了自己的猫，也是豁出去了。

据阿部幸夫回忆，夏衍是1986年4月时写信请他帮忙代购喜猫草的，他不负重托，还真给找到了。阿部幸夫在同年8月来中国拜访夏衍，随身就带着夏衍想要的喜猫草。夏衍高兴极了，顾不得讨论书稿，先是戴上老花镜读喜猫草的说明书——早年夏衍留学日本，能说会写日文，根本不用别人翻译，然后让女儿、孙女赶快把这个宝贝拿出来，给家里的几只猫开开眼界。

家里的老猫玩了一会儿，瞬间上头，仿佛进入了仙境。开始，夏衍还在旁边乐呵呵地看着，但渐渐地，他心疼起这只老猫来。

"黄猫喜欢'喜猫草'的事,已经懂了。现在,暂时拿走罢!再吃非醉倒不可。它会吃苦头的。"[1]

这真是含在口里怕化了,捧在手里怕碎了。夏衍对猫,简直比最溺爱孩子的父母想得还要周到。

夏衍爱猫,猫也给夏衍和整个家庭带来很多快乐。夏衍家的猫很多,除了最喜欢的黄猫,他还养了一只胖胖的大黑猫。冬天,大黑猫在雪地里狂奔、打滚,又跳上树。它上蹿下跳之后,雪地上留下一串串猫爪印,像"黑猫踏雪图"。等大黑猫玩累了,回到屋里,四只爪子在外面沾了水,走过地板,又像在屋里盖了好多印章。

多年之后,有人采访夏衍的孙女沈芸,问老先生为何一生非猫不可。沈芸说,这都和一只"义猫"有关。在所有夏衍跟猫的故事中,最传奇的就是他和那只"义猫"的故事。20世纪六七十年代,夏衍曾经养了一只黄猫,叫博博。博博跟夏衍夫妻感情很深。1966年12月的一个深夜,夏衍被带走,随后被关押在秦城监狱,只给妻子留下博博这只黄猫。

夏衍离家后,家里的生活极度艰苦,四合院里又搬进

---

[1] 夏衍:《懒寻旧梦录》,中华书局2016年版。

来七八户人家。博博似乎也感觉到了变故,经常在外游荡,又脏又臭地回家。但是博博无论多晚回家,都能在家里等到属于它的一口猫饭,那是老两口心照不宣的约定。坚持了八年零七个月,直到1975年,夏衍才被无罪释放。

入狱将近九年,夏衍的右腿和锁骨被打断,眼睛也受了伤。而夏衍不在的近几年,博博也离开了家,一直在外流浪。它偶尔回家看一眼,似乎只是为了确认一下自己的主人回来没有。这天,被释放的夏衍回到南竹竿胡同。

时常游荡在外的博博居然也回来了。从1962年出生到1975年等到主人出狱,它已经是一只老猫了。

它绕着夏衍的脚边,摩擦他的裤脚,虚弱地喵喵叫着。虽然已经垂垂老矣、病弱不堪,但它还是一眼就认出了自己的主人、老伙计。而就在第二天,博博便死去了。夏衍的儿子如是记录:

> 七月十二日中午,老头回来,博博已经站不起来。后腿不能动了,靠两只前爪,爬到老头坐的藤椅下,望着老头,父亲十分难过,到了半夜博博就去世了。[1]

---

[1] 沈芸:《一个人和一群人:我的祖父夏衍》,生活·读书·新知三联书店2019年版。

同样爱猫的启功先生是夏衍的好友，得知此事之后，以一首诗记述这人猫传奇：

老翁系囹圄，爱猫瘦且癫。
七年老翁归，四人势初败。
病猫绕膝号，移时气已塞。
人性批既倒，猫性竟还在。

人性没有了，但是猫性还在，让人唏嘘不已。有些体验一定得养过猫的人才能懂，比如，世人经常以为猫是冷漠的，其实，猫或许冷淡，但绝不冷血。它是沉默的、慢热的，将深情厚谊藏在心底。一旦你真心对待它，它绝不轻易再去认另一个主人。它不精明，不懂算计，不会计较。它愿意慷慨交出最纯粹的爱。它的独立是真的，淡然是真的，温柔也是真的。

夏衍的孙女沈芸后来在回忆录中记载道，自从"义猫"博博去世之后，爷爷夏衍倾心黄猫。其实夏衍一直偏爱黄猫。导演吴祖光和他有多年交情，他说在夏衍家中见到的猫几乎都是黄猫。1984年9月，吴祖光探望夏衍，问夏衍为什么在二十世纪三十年代常用"黄子布"这一笔名。夏衍倚在床上，抚弄着怀里那只叫"老鼠"的黄猫，回答说随便取的，吴祖光又问为什么选了"黄"这个姓，夏衍说："因为我喜欢黄猫。"1995年，夏衍因病住院，家人特意领养了一只小黄猫，打算作为老人出院的礼物。只是没想到，这次老人没能出院。老人的骨灰被家人带回去，放在生前的卧室中，那只和老人素未谋面的小黄猫竟会默默跳上大画柜，每天都挨着骨灰睡觉，仿佛和这位已经去往另一个世界的爱猫人进行着灵魂的交流。而当家人将夏衍的骨灰依照他的遗愿撒入钱塘江之后，这只小黄猫就跑掉了，不知所终。

　　传言，猫对人类是疏离的。这其实是人对猫的误解。或许更准确地说，猫的爱是有条件的，它们从来不会轻易爱上一个人，但是当它们从爱猫者身上感到赤诚、不加掩饰的爱，它们也会毫不吝啬地付出自己的真心，去贴贴，去舔舐，去守候。一只猫愿意如此交付出自己的一生，对爱猫者来说，就是最值得感恩的事情。

　　没有之一。

鲁迅

仇猫奶爸,
这还是你认识的鲁迅吗?

鲁迅先生是没有黑历史的。

他是伟大的文学家、思想家、社会活动家。他的文章广为流传，我们上中小学的时候都读过鲁迅先生的诸多名篇，比如《从百草园到三味书屋》《藤野先生》。他有伟大的人格，比如关爱后进，热爱人民。"横眉冷对千夫指，俯首甘为孺子牛"——这原是鲁迅先生有感而发写在《自嘲》中的诗句，没想到，竟真的成了他一生的写照。

鲁迅先生不仅是好老师、好榜样，还是好儿子。

鲁迅的母亲叫鲁瑞，老太太不是自己儿子鲁迅的"粉丝"，而是张恨水的"书粉"。鲁迅就在上海给母亲代购《金粉世家》。老太太看完了，书荒，不爱开口托人办事的迅哥儿却请朋友再去买，一口气买五种："母亲大人膝下敬禀者，十五日来信，前日收到。张恨水们的小说，已托人去买去了,大约不出一礼拜之内,当可由书局直接寄上。""小说已于前日买好,即托书店寄出,计程瞻庐作的二种,张恨水作的三种,想现在当已早到了。"怕母亲觉得书贵,有负担,他又写信告诉母亲:"张恨水的小说,定价虽贵,但托熟人去买,可打对折。即如此次所寄五种,一看好像要二十元,实则连邮费不过十元而已。"①

就是这样零差评的鲁迅先生,有一件事却不怎么被大家认可,那就是仇猫。鲁迅先生讨厌猫是出了名的。但凡读过一些鲁迅文章的人,都知道这一点。鲁迅本人并不在乎大家的评判,而且在文章中反复声称——大家没有看错,我就是仇猫。

1922年,鲁迅在《晨报副刊》上发表了一篇文章,名字是《兔和猫》。大意是说,邻居三太太家养了一对白兔,兔子毛茸茸的,非常可爱。后来,兔子怀孕了,生下了好几只小兔子。小兔子想要顺利长大,一定要提防猫。三太太家院子里的大黑猫,肥硕、灵巧、危险,是小兔子最大的敌人。果不其然,没过几天,小兔子就死了两只。得知这个消息之后,"我"悲从中来,无比肯定这样残忍的事情一定是黑猫做的,也只有它,能对这可爱的小东西

---

① 鲁迅:《母亲大人膝下》,中国青年出版社2019年版。

下手。

夜半,"我"回忆过往,对猫的仇恨也迅速累积。"那黑猫是不能久在矮墙上高视阔步的了,我决定的想,于是又不由的一瞥那藏在书箱里的一瓶青酸钾。"[1]

青酸钾即氰酸钾,是一种剧毒的化学物质,瞥向氰酸钾,那自然是要对黑猫下毒手。

《兔和猫》是一部虚构的短篇小说,并不能算是真实发生的故事。但按照鲁迅写文章的习惯,故事里的主角一定是有所指的。黑猫狡猾、恶毒,得手后在矮墙上高视阔步,这自然是凶恶的强者。而毫无反抗之力的白兔指的是善良无辜的弱者。强者欺负弱者实在可恶,而弱者被欺压久了,也会用氰酸钾反抗,鲁迅说的大概是这个意思。

不过,整篇文章是以第一人称写的,处处是"我"的痕迹,所以不少人立即将"我"同鲁迅本人合二为一,以为鲁迅这样的大作家居然虐猫。"鲁迅仇猫"的消息迅速传播开来。

这件事要是放在旁人身上,少不了一场论战,至少也要澄清一下自己并没有虐猫来平息舆论。作为"钢铁战士"的鲁迅原本没把这些放在眼里,不过,他后来还是写

---

[1] 鲁迅:《兔和猫》,《呐喊》,人民文学出版社2018年版。

了一篇文章回应"仇猫"一事。这是怎么回事呢?

"从去年起,仿佛听得有人说我是仇猫的。那根据自然是在我的那一篇《兔和猫》;这是自画招供,当然无话可说,——但倒也毫不介意。一到今年,我可很有点担心了。"①担心的原因是:"万一不谨,甚而至于得罪了名人或名教授,或者更甚而至于得罪了'负有指导青年责任的前辈'之流……就是怕要浑身发热之后,做一封信登在报纸上,广告道:'看哪!狗不是仇猫的么?鲁迅先生却自己承认是仇猫的,而他还说要打"落水狗"!'这'逻辑'的奥义,即在用我的话,来证明我倒是狗,于是而凡有言说,全都根本推翻……"②

鲁迅在文章中还总结了自己不喜欢猫的原因。这次不再以小说暗指,而是直抒胸臆——就是不喜欢猫,而且理由充分。

他讨厌猫要追溯到童年时期。鲁迅小时候喜欢小动物,其中最喜欢的就是家里的隐鼠。隐鼠是鼠类中最小的一种,体形只有一个拇指那么大,有的地方也叫鼹鼠、鼷鼠。在鲁迅眼里,隐鼠会舐墨汁、捡菜渣、舔碗沿,是一

---

① 鲁迅:《狗·猫·鼠》,《朝花夕拾》,人民文学出版社2018年版。
② 同上。

种可爱的小动物。有一天,鲁迅发现自己心爱的隐鼠不见了——这个情节跟《兔和猫》很像,只不过故事中的白兔换成了隐鼠,但相同的,它们都是弱者。

同样,隐鼠也被猫吃了。这是保姆长妈妈告诉他的。至于吃完之后,有没有"高视阔步",鲁迅倒没有提。不过,自此,鲁迅决心与猫们为敌。他对付猫没有用到氰酸钾,而是直接追赶或用飞石砸等。

"我的报仇,就从家里饲养着的一匹花猫起手,逐渐推广,至于凡所遇见的诸猫。最先不过是追赶,袭击;后来却愈加巧妙了,能飞石击中它们的头,或诱入空屋里面,打得它垂头丧气。这作战继续得颇长久,此后似乎猫都不来近我了。"[1]

不过,这回猫实在有些冤枉。后来他发现,隐鼠并不是为猫所害,而是它想爬上保姆长妈妈的腿,被长妈妈一脚踏死。

鲁迅不可能因为隐鼠之死而记恨长妈妈,《从百草园到三味书屋》中,鲁迅回忆长妈妈经常给自己讲故事,带给自己很多童年的快乐。然而,即便后来他知道这是个冤假错案,也只是轻描淡写地说:"我已经记不清当时是怎

---

[1] 鲁迅:《狗·猫·鼠》,《朝花夕拾》,人民文学出版社2018年版。

样一个感想，但和猫的感情却终于没有融和。"

成年后，他讨厌猫的原因有三点。

第一点跟猫的性情有关。鲁迅觉得，猫会玩弄捕到的猎物，折磨弱者。"凡捕食雀鼠，总不肯一口咬死，定要尽情玩弄，放走，又捉住，捉住，又放走，直待自己玩厌了，这才吃下去，颇与人们的幸灾乐祸，慢慢地折磨弱者的坏脾气相同。"[1]

小时候，猫伤过鲁迅的心，这件事也许在他心里留下了难以磨灭的印象。长大后，鲁迅再看到猫，难免要戴上有色眼镜。捕鼠本是猫最大的优点，从汉代以来，人们养猫就是为了防鼠兽，但到了鲁迅这里，捕鼠心态不端正、行为不利索成了猫的缺点。

第二点也关乎猫的性格。鲁迅认为，猫和狮子、老虎是同类，但猫有一副媚态。所谓媚态，自然是指它跟人比较亲近，总是往人的身上蹭，看起来很没骨气。

这其实也是情感的投射。猫亲人，不过是自然进化的结果。但在疾恶如仇的鲁迅看来，猫的奴性是应该被大加鞭笞的。

第三点则是猫的叫声打扰他看书和睡觉。鲁迅在文章

---

[1] 鲁迅：《狗·猫·鼠》，《朝花夕拾》，人民文学出版社2018年版。

中写道:"要说得可靠一点,或者倒不如说不过因为它们配合时候的嗥叫,手续竟有这么繁重,闹得别人心烦,尤其是夜间要看书,睡觉的时候。当这些时候,我便要用长竹竿去攻击它们。……我的打猫,却只因为它们嚷嚷,此外并无恶意……"

周静子写过一篇回忆伯父鲁迅的文章。在文章中,她也提到了伯父鲁迅讨厌猫一事。她清楚地记得,家里买了一对白兔,家里人都很开心,很快大兔子生了小兔子。不幸的是,小兔子一个一个地被猫吃了。这"引起了我们的激愤,婶母用短棒支着大木盆来捉猫,伯父见了猫也去打,因为伯父对于强者欺负弱者,'折磨弱者'总是仇恨的"。

鲁迅不喜欢猫,倒也没有太多证据表明他虐猫。曾有位也住在八道湾胡同的邻居写了几篇关于鲁迅的逸事,投稿到报社编辑那里。这位邻居先是在《鲁迅笔下的三太太》一文中说,"三太太"是确有原型的,鲁迅还称她为"养兔家"。后来,他又在《鲁迅诛猫记》中说,实际中,猫没有被书架上的那瓶氰酸钾毒害,却有一个更加令人不忍卒读的结局。然而,这位邻居是在鲁迅搬走后才搬到八道湾胡同的。这些关于鲁迅的逸事,他也是从老邻居那里听来的,所以真实性无从考证。对打扰到自己的猫,鲁迅最经常做的就是用一根长竹竿把它赶走而已。

鲁迅用竹竿赶猫的事,梁实秋也有记载。鲁迅跟梁实秋观点不合,两个人发生过一场论战,史称"梁鲁论战"。但在讨厌猫这个问题上,两个人难得达成了一致——梁实秋年轻的时候也特别不喜欢猫。不过后来,梁实秋成了爱猫的人,又与仇猫者鲁迅立场不同了——"鲁迅先生在一篇文字里说他最厌听猫叫,他被吵醒便拿起大竹竿去驱逐。猫叫春是天性,驱得了么?"

鲁迅家房顶上的猫实在是太有名,以至于丰子恺夸自己家的猫咪乖巧可爱时,也以鲁迅家房顶上的猫作比:"我觉得白象更可爱了。因为它不像鲁迅先生的猫,恋爱时在屋顶上怪声怪气,吵得他不能读书写稿,而用长竹竿来打。"①

不喜欢猫的鲁迅,虽然给自己树立了反对者,但是也有拥护者,比如散文家汪曾祺:"我不喜欢猫……猫最大的劣迹是交配时大张旗鼓地嗥叫。……叫起来没完,其声凄厉,实在讨厌。鲁迅'仇猫',良有以也。"

不过,人都是会变的,即便像鲁迅这样的战士,随着年龄的增长,也慢慢变得柔和起来。在《狗·猫·鼠》的

---

① 丰子恺:《白象》,《丰子恺散文》,人民文学出版社2020年版。

结尾，他写道，自己已经与猫为善好多年。

"然而在现在，这些早已是过去的事了，我已经改变态度，对猫颇为客气，倘其万不得已，则赶走而已，决不打伤它们，更何况杀害。这是我近几年的进步。……所以，目下的办法，是凡遇猫们捣乱，至于有人讨厌时，我便站出去，在门口大声叱曰：'嘘！滚！'小小平静，即回书房，这样，就长保着御侮保家的资格。"①

有了孩子海婴之后，鲁迅更是一改过去的硬汉之风，成了比猫还柔软的男人。

林语堂是非常欣赏鲁迅的，他称鲁迅为"令人担忧的白象"，因为灰象多而白象少，鲁迅先生就像白象一样是独特且可贵的。在和许广平的通信中，那个昵称叫"小白象"的人，就是鲁迅本人。海婴出生的时候通身红红的，鲁迅就给他起了个爱称，叫"小红象"。为了哄海婴睡觉，鲁迅自编自唱了一首摇篮曲——

小红，小象，小红象，

小象，红红，小象红；

小象，小红，小红象，

---

① 鲁迅：《狗·猫·鼠》，《朝花夕拾》，人民文学出版社2018年版。

小红，小象，小红红。

　　有了孩子之后，年近五十的鲁迅转型成为"育儿博主"，不仅唱摇篮曲哄海婴睡觉，还每晚给海婴讲故事——"讲狗熊如何生活，萝卜如何长大等等"。鲁迅在跟自己的母亲鲁老太太通信的时候，数落海婴的顽皮："要吃东西，要买玩具，闹个不休。客来他要陪（其实是来吃东西的）……"

　　一次，丁玲和冯雪峰一起去拜访鲁迅先生。三个人在一起聊天，年幼的海婴就在另一间屋子里睡觉。屋内，电灯没开，煤油灯也捻得小小的。鲁迅压低声音跟来客解释道："小孩子要睡觉，灯太亮孩子睡不着。"丁玲说鲁迅先生的这句话给她留下的印象格外深刻，因为他说起孩子的时候，脸上泛出浓浓的天真。

　　有了海婴之后，鲁迅先生也在家里养起了宠物。鲁迅童年时最爱隐鼠，所以也给海婴养了只老鼠。他带海婴去看电影，还特意选了《米老鼠》系列的动画片，海婴高兴，老父亲也欢喜。

　　若论起来，人类的幼崽比猫要粗暴得多。没过两天，海婴就把老鼠弄成了终身残疾。鲁迅在给母亲的信中很无奈地吐槽海婴："动物是不能给他玩的，他有时优待，有时则要虐待，寓中养着一匹老鼠，前几天他就用蜡烛将后脚烧坏了。"①

海婴不仅捉弄老鼠，还想"吃爸爸"。那时，小海婴正处在咿呀学语的时期。有一天，他趴在鲁迅的身上，口中说着："吃爸爸，吃爸爸。"鲁迅笑着告诉他爸爸不能吃。小海婴反问道："爸爸不能吃吗？"鲁迅想了想，回答他："吃也可以吃，不过还是不吃罢。"他在给萧红、萧军的信中写了此事，还说"今年就不再问，大约决定不吃了"。

鲁迅是"宠娃狂魔"这件事传得很快，坊间有小报调侃这件事情，鲁迅干脆就写了一首《答客诮》来回应：

无情未必真豪杰，怜子如何不丈夫？
知否兴风狂啸者，回眸时看小於菟（wū tú）。

鲁迅很怕吵，当年的猫叫声，他一刻也不能容忍。偏偏海婴喜欢听留声机，怕吵的老父亲也只能宠着。他给海婴买了一台留声机，海婴觉得不满意，鲁迅又请人调换了两次。那是1935年，距离鲁迅先生离世，仅剩一年多的

---

① 鲁迅：《母亲大人膝下》，中国青年出版社2019年版。

时间。

海婴每晚睡觉前习惯跟爸爸说晚安,他会说:"明朝会!"以往他只是喊一声,爸爸便会大声地回答他。这天,海婴又喊:"爸爸,明朝会!"鲁迅先生正病得很重。他听到了,也回答了,只是回答的声音是小小的、短促的。

海婴没听到爸爸的回复,便锲而不舍地大声喊着:"爸爸,明朝会!"保姆想把海婴拉走,海婴不听。后来,鲁迅先生用尽他全身的力气回答着:"明朝会,明朝会。"说完,他便咳嗽起来。可惜,这两声海婴也未听到。他被赶到楼上去了。

那是1936年10月19日的清晨,海婴还在睡梦中,一辈子坚强倔强却因为他而改变的父亲,永远地安息了。

许地山

文人中隐藏最深的猫专家

小学语文课本里有一篇文章叫《落花生》,作者是许地山。

文章不长,内容也非常浅显。家里有半亩空地,母亲提议开辟出来种花生,花生长出来,大家边吃花生,边听父亲讲道理。花生看起来不起眼,可浑身都是宝。这就像做人,不要做只讲体面,却没什么价值的人。

父亲的教育深深地影响了许地山,他干脆给自己起了"落华(花)生"的笔名。

许地山是作家,用现在的标准来看,他还是学霸。他先后毕业于美国哥伦比亚大学和英国牛津大学。除了主修文学外,他还研究宗教学、印度哲学、梵文、人类学和民俗学。

许地山和老舍情谊深厚。老舍走上文学创作的道路就是受到许地山的影响。当时老舍也在英国，受到许地山的鼓励，开始尝试写小说。他经常会朗诵一两段自己写的小说给许地山听。后来老舍写了《老张的哲学》，许地山就把这篇小说推荐给了《小说月报》的主编郑振铎。从这以后，老舍才开始了系统的文学创作。所以许地山可以说是老舍"在写作道路上的引路人"。

和老舍一样，许地山也爱猫。作为学霸的许地山，系统地研究了猫。他写的《猫乘》，不亚于一篇高品质的学术论文。

《猫乘》本是清代王初桐编写的一本"猫咪百科全书"，里面汇总了猫的奇闻逸事、猫的生活习性、养猫的注意事项等内容。许地山的《猫乘》有致敬前人作品的意思，不过他补充了猫在国外的发展史，把中外养猫文化做了一个横向对比。严谨之余，许地山也不忘趣味性，他在文章中引用了古代《相猫经》的内容，教我们给猫看相。

"头面要圆。"为什么要选圆脸的猫呢？因为古人说了，长脸猫会吃鸡，要不得，要不得。

"耳要小而薄。"这样的猫不怕冷，好养活。

"眼要具金钱的颜色。"金银色鸳鸯眼的猫叉腰表示不服！并且，眼里不能有泪和黑痕。眼有黑痕的猫懒惰。

"鼻要平直。"鼻钩及高耸的猫野性未除，爱吃家禽。

"须要硬而色纯。"胡须要坚硬,毛色不能驳杂。

"腰要短。"腰长的猫会过家。

"后脚要高。"后脚低就无威。

"爪要深藏而有油泽。"露爪就会翻瓦。

"尾要长细而尖,尾节要短,且要常摆动。"经常摆尾的小猫咪看起来更有威严,毕竟摆尾巴是攻击的前兆。

"声要响亮。"声音响亮象征着此猫威猛。

"口要有坎。"坎就是猫咪嘴里的横条,猫咪嘴里的坎越多,意味着它抓老鼠的能力越强。

"顶要有拦截纹。拦截纹是顶下横纹。《相畜余编》记,猫有拦截纹,主威猛。有寿纹,则如八字,或如八卦,或如重弓、重山,都好。"

"身上要无旋毛。"古人认为胸口有旋毛的猫活不长。

"肛要无毛。"肛门附近有很多毛的猫很有可能在家里随地大小便。

"睡要蟠而圆,要藏头掉尾。"猫的睡姿也很重要,最好盘成蚊香那样睡觉。

现在看这些条件,感觉这不是相猫,分明是选美。真要有一只猫能满足所有的条件,那它就是猫咪界的"世界小姐"。

就毛色来说,《相猫经》上也有着严格的等级排序。

最高级的是纯黄色的,这种猫叫"金丝猫"。接下来是纯白和纯黑的,纯白的叫"雪猫",纯黑的叫"铁猫"。如果是杂色的,褐黄黑相间的叫"金丝褐",黄白黑相间的叫"玳瑁斑",黑背白肢白腹的叫"乌云盖雪",四爪白的叫"踏雪寻梅",白身黑尾的叫"雪里拖枪",通体黑色只有尾巴尖白的叫"垂珠",黑身白尾的叫"昆仑妲己",通身白有黄点的叫"绣虎"……

以上这些内容,许地山归为"人事的猫",意思就是人们对猫的行为和态度。《相猫经》从侧面反映出了那个时代人们对猫的重视,猫早就不再只是捕鼠的工具,人们会依据毛色、习性等把猫分成三六九等。

另外,许地山还写了"神怪的猫"和"自然的猫",介绍了与猫有关的神异之事,以及猫在心理和生理上的特性。猫能捕鼠,所以不管是在中国还是在外国,只要是以农业为主导的社会,猫都会受到人的尊重。古埃及人最早将猫奉为神。在古埃及,"杀猫者受死刑"。与"成神"相比,猫"成精"的传说更多。

猫昼伏夜出,走路没有声音,又很难像狗一样被驯服,可以说自带高冷气质——这些很容易让人们把它跟鬼怪或者巫术联系起来。人们把一些离奇事情的元凶嫁祸给猫,因为要消灭巫鬼很难,但残害一只猫却是易如反掌的事。

随着社会的发展,人们渐渐接受猫并把它作为家里的一分子。它既不需要捕鼠,也不需要去扮演巫鬼的角色,它只是一个安静的陪伴者。写到最后,许地山终于愿意说出他写这篇文章的目的了——

"它(猫)也是家庭的好伴侣,若将它与狗来比,它是静的和女性的,狗正与它相反。作者一向爱猫,故此不惮烦地写了这一大篇给同爱的读者"。[1]

原来,许地山并不是要做关于猫的学术研究,他只是希望人们更了解猫,也希望能通过此文寻到更多爱猫的同道中人。

---

[1] 许地山:《猫乘》,华文出版社1998年版。

弘一法师和丰子恺

师徒皆猫奴

"长亭外,古道边,芳草碧连天。晚风拂柳笛声残,夕阳山外山。天之涯,地之角,知交半零落。一瓢浊酒尽余欢,今宵别梦寒。"

读到这些诗句,你是不是也会不由自主地唱起来?这首歌叫《送别》,被无数人演唱过。

《送别》的词作者是李叔同,他还有另外一个响亮的名字——弘一法师。有人用这两个名字概括他的一生,说他前半生是李叔同,后半生是弘一法师。

三十九岁之前,这个叫李叔同的年轻人锦衣玉食,享尽荣华富贵。

李叔同生于天津,他的父亲李世珍曾官至吏部主事,之后,辞官经商,成为津门巨富。李叔同出生的时候,他的父亲已经六十八岁,老来得子,自然奉若珍宝。不过,李叔同五岁时，父亲就病逝了。

李叔同自幼就展现出了惊人的才华：六七岁时，他就能诵读《昭明文选》；十几岁时，他的书法和篆刻就闻名乡里，是公认的大才子。

二十六岁时，李叔同赴日本留学，学习油画和西洋音乐。他开风气之先：参与创立中国第一个话剧团体春柳社；主编并出版中国近代第一本音乐期刊《音乐小杂志》，第一个在国内用五线谱作曲，第一个在国内推广钢琴，第一个引进西方乐理；是中国油画的鼻祖，开设了中国历史上第一堂人体写生课……

正当声名显赫的时候，李叔同做了一个令所有人都不理解的决定——他跑到杭州虎跑寺落发为僧。三十九岁之后，世上再无李叔同，只有青灯古佛前的弘一法师。

出家二十余年，弘一法师致力于研究和弘扬律宗，被尊为律宗第十一代世祖。他与虚云、太虚、印光并称为"民国四大高僧"。

李叔同喜欢猫。他在少年时就养猫，同时养七八只。后来他留学日本，曾往国内发电报，只为问一句："我的猫安好否？"另外，他给别人寄信时，信封上曾以"天津猫部"为落款。"天津猫部"是指他在老家的住所，"猫部"二字很有猫咪根据地的感觉，足见他有多爱猫。

弘一法师去世后,他在天津的故居一直有猫咪居住。许多爱猫人士来参观故居时,还会给猫咪带猫粮。这是后话。

弘一法师跟自己的学生丰子恺合作过一套书,名字叫《护生画集》,里面就有关于小猫的画作,其中有一篇名字叫"被弃的小猫"。

"有一小猫,被弃桥西,饿寒所迫,终日哀啼。犹似小儿,战区流离,无家可归,彷徨路歧。伊谁见怜,援手提携?(杜蘅补题)"[1]

入佛门前的李叔同关心挂念的是自家的七八只猫,入了佛门的弘一法师心里装的则是千千万万只猫——它们是否挨饿受冻,它们是否有人照顾。所谓"护生",护佑的是每一个生命,不管是对一头牛、一只羊还是一只猫,都应有仁爱之心。

说到《护生画集》,就不能不提李叔同的学生,也是《护生画集》的画作者——丰子恺。

1914年,丰子恺考入浙江省立第一师范学校(现为浙江高级中学),师从夏丏尊和李叔同。丰子恺的绘画和

---

[1] 丰子恺、弘一法师:《护生画集》,上海译文出版社2012年版。

音乐都是李叔同教的。李叔同对丰子恺的影响极大。李叔同曾夸赞丰子恺说:"你的画进步很快!我在所教的学生中,从来没有见过这样快速的进步!"丰子恺在文章中说:"我听到他这两句话,犹如暮春的柳絮受了一阵急烈的东风,要大变方向而突进了。"

1928年,丰子恺为了祝贺恩师五十寿辰,寄去了自己精心绘制的五十幅漫画。这些漫画的内容非常简单,都是劝人要保护生灵,要有慈悲之心。弘一法师看到这些画非常高兴,很快给这些画配上了文字。这便是《护生画集》第一集。

1939年,丰子恺为纪念弘一法师六十寿辰,开始着手绘制《护生画集》第二集,共六十幅。弘一法师收到《护生画集》的续集,十分欣慰。他写信跟丰子恺约定:"朽人七十岁时,请仁者作护生画第三集,共七十幅;八十岁时,作第四集,共八十幅,九十岁时,作第五集,共九十幅,百岁时,作第六集,共百幅。护生画集功德于此圆满。"

不过没等丰子恺画完《护生画集》第三集,弘一法师就圆寂了。

丰子恺不敢辜负恩师的嘱托,打算完成六集《护生画集》,没想到突逢意外。他遭受了不公的虐待,还被赶出自己的住宅，送到上海郊区从事体力劳动。恶劣的环境让丰子恺患上了严重的肺病。

但即使在这样的情况下，丰子恺仍想方设法继续《护生画集》的绘画工作。1973年年底，丰子恺终于完成了《护生画集》最后一幅画的创作，而这距他送给恩师第一集《护生画集》，已经过去了四十五年。完成《护生画集》两年后，丰子恺与世长辞。

丰子恺也非常喜欢小动物。现存的资料中，有他作画时的照片。照片中，一只小花猫骑在他的脖颈上，而他根本不受影响，身体端正，继续作画。

丰子恺小时候家里就养猫，回忆小时候，他能想到的温馨的画面里也有猫。

当时，自七八月起至冬天，丰子恺的父亲每天晚上都会吃一只蟹，还要搭配上一碗热豆腐干。有时候，父亲会把蟹脚分给丰子恺，有时候就让丰子恺在旁边看，自己独享美味。家里那只老猫总端坐在桌角，不争也不抢，就静静地看着。一盏洋油灯、一位严父、一只螃蟹和一碗豆干，还有那只老猫，都沐浴在昏黄的灯光中——这是丰子恺印象极深刻的童年画面。

"这老猫是我的父亲的爱物。父亲晚酌时，它总是端坐在酒壶边。父亲常摘些豆腐干喂它。六十年前的事，今犹历历在目呢。"[1]

　　这只老猫很乖巧,丰子恺也喜欢它。那时候他跟着同乡的小伙伴学会了钓鱼——丰子恺一度沉迷于钓鱼,钓到鱼,一来可以节省买菜的花费,二来可以给自家的老猫开开荤。

　　猫为什么可爱呢?丰子恺先生总结说:"……可爱的东西,大概是弱的。例如鸟、白兔、猫,大都是弱小的。在人中,女子比男子弱,小孩比大人弱。弱了反而可爱。"[2]丰子恺的画作中有各种各样的小猫,比如,他曾画一只小猫蹲在一个小女孩的肩膀上,题说:"小猫似小友,凭肩看画图。"

　　因为丰子恺爱猫,他的孩子也成了小猫奴。丰子恺有个孩子名叫瞻瞻,自家的小猫不肯吃糕,瞻瞻能哭得"嘴唇翻白,昏去一两分钟"。

　　最多的时候,丰子恺家里有五只猫。

　　有一次,晚饭时间,丰子恺家准备了一道大菜——一尾大鱼。老妈子喊一声,来吃饭了!半晌,大家才不慌不忙地出来。这天大家都忙,所以出来吃饭晚了一两分钟,

---

[1] 丰子恺:《阿咪》,《万般滋味,都是生活》,华中科技大学出版社2020年版。

[2] 丰子恺:《从梅花说到美》,《中学生》1930年第2号。

等坐上饭桌，竟发现桌上只剩一点鱼汤，鱼不知去向。究竟是谁捷足先登了呢？

再仔细看，桌面上有几滴鱼汤，旁边还有几只别致的猫脚印——原来此次是"团伙作案"，"罪犯"就是家里的五只猫。偷吃还不算，这些猫还把新买的白床毯给弄脏了。真不知道是该气还是该笑。

既然有了前车之鉴，家里人自然对鱼严加看管。但是，这些猫咪竟毫无收敛。它们吃不到鱼，就在其他方面下手，先后又犯下了"吃蛋糕案""随地大小便案"等"骇人听闻"的大案要案。

非常时期，家里有好几口人要吃饭，猫和人抢东西吃，这个矛盾要如何才能解决？小猫咪贪吃，背后的深层次原因是什么？丰子恺非常认真地想了想，心里大概有了答案。

饮食男女，人之大欲存焉。对于猫来说，食物就是它们的欲求，不吃饭就不能存活。所以丰子恺判断，家里的猫很可能是没有吃饱，才犯下种种"罪行"；它们吃饱了，自然就会把精力放在别的事情上。

为了验证自己的推测，丰子恺把家里的大司务叫过来，问他每天给猫吃多少东西。

大司务老老实实回答："每日规定三顿，每顿规定一千元猫鱼,拌一大碗饭。"

"猫有五只,这一点点怎么吃得饱呢?"

"吃是的确吃不饱的……"大司务面露为难之色,"太太规定如此的。"

原来,猫鱼的经费一直没变。不过,20世纪40年代末物价上涨,导致用同样的钱购买到的猫鱼量大大缩水。猫自然吃不饱了。经过丰子恺的调解,猫鱼的经费提升到之前的三倍。丰子恺认为,猫没有吃饱,才有这些偷偷摸摸的行为;猫咪吃饱了,自然就不会乱偷东西,也不会到人的床下拉屎撒尿泄愤。这是尊重人,也是尊重猫。

丰子恺先后养过好几只猫,其中比较早的一只名叫"白象"。白象原本是段老太太家的猫,之后到了丰子恺的次女林先家,最后才来到丰子恺家,成了丰子恺家的爱猫。白象是只鸳鸯眼的小猫,通身雪白,可爱至极,就连查户口的警察看见了它也忍不住要摸一摸,称赞它的盛世美颜。除了美貌之外,白象还非常乖巧,即便和招贤寺的花猫恋爱,也很安静,不吵不闹。

过了一阵儿,白象的肚子渐渐大起来。几个月后,它生下了五只小猫。后来,白象不见了,家里人去寺里找也没有找到。丰子恺还张贴寻猫启事,许诺能找到白象的定酬谢十万元法币。不过,白象终究没能回到家——它在野外不幸遇害了。

白象走了之后,丰子恺非常伤心。他将白象留下的三个孩子,一只送到了好友家(为防损失),另两只留在了身边。这两只小白猫就喜欢围着丰子恺转。每当丰子恺跷起脚,它俩就会爬到他的脚上,一高一低,一动一静,引人发笑。丰子恺称:"似觉一坐下来,脚上天生成有两只小猫的。"[1]他还专门把白象的孩子画在了漫画里,名字就叫作《白象的遗孤》。

自古猫奴多嘴硬,即便养了五只猫,即便画里都是猫,丰子恺先生还是傲娇地说:"读者以为我喜欢猫,便你一只、我一只地送来。其实我并不喜欢真猫,不过在画中喜欢画猫而已。"

丰子恺认为"猫的可爱,可说是群众意见"——当家里来了无趣的客人无话可谈的时候,猫咪会恰到好处地出现,这时候,再尴尬的局面也能够打破;当小孩子觉得无聊时,只要猫咪出现,他们立刻就欢喜起来,这是猫咪的神奇魔力。

受到老师弘一法师的影响,丰子恺开始学佛并且吃素。但是,他说,自己并不是因为学佛才吃素。因为生理

---

[1] 丰子恺:《白象》,《丰子恺散文》,人民文学出版社2020年版。

的关系，他一直吃素食——受父亲遗传，吃下荤腥就要呕吐。他讨厌凭借吃素就向佛祖为自己求福报的做法。这好像在说，看，我都吃素了，你就让我长寿、发财、交好运吧。在丰子恺看来，对佛是不可做买卖的。

丰子恺认为，护生的目的其实是护心——"爱护生灵，劝戒残杀，可以涵养人心的仁爱，可以致世界的和平。故我们所爱护的，其实不是禽兽鱼虫的本身（小节），而是自己的心（大体）"。但是，有的人却只在吃荤吃素这类无关大体的小事上斤斤计较。他觉得"猫要吃老鼠，故不宜养；没有雄鸡交合而生的蛋可以吃得……这样地钻进牛角尖里去，真是可笑"①。

在丰子恺看来，学佛最重要的是护生，更是护心。

丰子恺曾经在家里观摩过猫鼠大战。那时候，花猫追老鼠，在衣柜上、床顶上跳蹿，把孩子吓得哇哇直哭，扑进丰子恺的怀里。而他这样一个成年人，在人世间也经常受到如看到猫鼠大战一般的惊吓，只是没有一个温暖、牢靠的怀抱供他去投奔。对于丰子恺来说，即便没有怀抱可以投奔，即便人生的后半段命运对他如此不公，他也愿意用慈悲的眼光去看待这个世界。

---

① 丰子恺：《佛无灵》，《佛无灵》，京华出版社2006年版。

弘一法师和丰子恺，这师徒二人，一个出世一个入世，相同的是，他们都爱猫，又都是内心纯净且坚定的人。爱猫或许是自然而然的情感表露，而由爱一只猫到护佑众生，则是了不起的内心升华。

如果护佑众生是件不容易达成的事情，那庇护一两只小猫咪，也是极好的啊！

张大千

大画家的猫奴朋友圈

徐悲鸿称他是"五百年来第一人"。

但是他自己说，他只是个好美食之人罢了。

这个人便是张大千。

张大千出身于书香门第，擅长绘画，也擅长烹饪，用他自己的话说："以艺事而论，我善烹调，更在画艺之上。"他会烧菜，做四川菜更是一绝。当年他在敦煌写生时，还创造了许多运用当地食材烹饪的菜，比如鲜蘑菇炖羊杂。当地新鲜食材匮乏，这鲜蘑菇还是张大千偶然发现的。后来，他还绘制了一张蘑菇分布图，在离开时，将此图赠给了艺术家常书鸿先生。

张大千爱好广泛，除了美食，他还爱动物。他一生与动物友善，家里不仅养过猫、狗，还养过猿、鹤、豹等珍禽异兽。

1938年，张大千一家逃出日寇控制的北平（今北京），辗转上海、香港等地，最后来到成都的青城山。有一次，张大千和夫人一起在青城山的上清宫附近散步，突然听到深沟里传来豹子的吼叫声。当时同行的还有他的儿子和女儿，小朋友们都吓坏了，张大千却镇定自若。他让家人们先回家，自己则躲在一棵树下等着豹子出来。但是豹子始终没有露面。为什么他胆子这么大？大千捋捋胡须，嘿嘿一笑说，毕竟咱也是养过老虎的，怕啥。

然而，张大千与豹子的缘分未尽。后来，他还是养了一头豹子。这"大猫"可是威风无比，张大千的儿子张心智先生回忆说："开始只是个十来斤重的小豹子，后来经我们喂养，长成了一头约二米长、重五六十斤的大豹子，毛光色美。"

豹子和张大千的关系非常亲近。张大千画画的时候豹子就卧在他的画案下，晚上睡觉的时候，豹子就卧在他的床下。张大千散步的时候，豹子就尾随在他身后，像一只乖巧的大猫。

张大千的儿女们有点怕豹子，因为听过太多猛兽伤人的故事。但是，张大千对此却有不同的看法。

张心智回忆说，父亲不觉得豹子危险，他没有敲掉它的门牙，也从来没用铁笼关过它，他并不喜欢这样的驯养方式。他像宠爱小猫咪一样宠爱这只豹子，这只豹子也格外温顺。

除了"大猫"，张大千也养小猫，并画了许多猫画。实际上，张大千养动物一是出于喜欢，二就是出于艺术创作的需要。张大千强调师法自然，提倡在作画的过程中对物象进行细致的观察与写生，比如，要画一只猫，就要仔细观察猫，对它的各种情态了然于心。

猫是张大千常选的绘画主题，也让他结识了不少爱猫的朋友。在张大千的朋友圈里，爱猫的大师横跨中西，可谓星光熠熠。

20世纪40年代，张大千一家住在北京，当时家里有一只金银眼波斯猫。同为画家的好友徐悲鸿很喜欢这只猫，就把猫给借走了，这一借就是好几个月。后来徐悲鸿给张大千写信说，这只猫性格挺好，但就是不捉老鼠，不捉老鼠也就罢了，还和老鼠在一个碗里吃东西："此猫驯扰可喜，但不捕鼠，且与同器而食，为可怪耳。"

徐悲鸿以画马闻名，但是他却并不认为自己画的马是最好的。有一次，徐悲鸿带学生去往天目山写生时，曾经问学生，他画的什么最好。有人说老师画的马最好，有人说老师画的雄鸡最好，唯独有位学生说他画的猫最好，徐悲鸿赞许了这个答案。他有关猫的传世作品不多，绝大多数都是画来赠送给师友的。徐悲鸿大概是黑白相间的奶牛猫和三花玳瑁猫爱好者,作品中的猫基本都是这两种花色。他笔下的猫眼有神采,十分灵动。认识徐悲鸿的人也说,他画猫画得好,一点也不奇怪,因为他家中有各色各种的猫:"中国猫、波斯猫、高丽猫、安南猫、金眼、银眼、雪里掩枪、乌云盖日……都有!都有!"徐悲鸿的猫画不仅有国画,还有西洋画。国画中的猫矫捷,西洋画中的猫妩媚,各有各的精彩。

1935年春天,有个叫黄苗子的年轻人去拜访徐悲鸿。当时黄苗子才二十一岁,是上海大众出版社的编辑。见到徐悲鸿,黄苗子先递上了名片,徐悲鸿看到他的名字里面有个"苗子",觉得很特别,便问他是不是苗族同胞。他说不是的,他的小名叫"猫仔","苗子"就是广东话"猫仔"的一半。之后,徐悲鸿与他相谈甚欢,还把自己的原作放心地交给他。1945年,黄苗子特意请徐悲鸿为夏衍画一只猫,因为夏衍很喜欢猫。徐悲鸿欣然同意,夏衍得到画也很欢喜。

黄君璧和徐悲鸿同为中央大学艺术系教授,他们和张大千关系密切,经常一起出游。

都是爱猫人,又都是画家,猫画自然成了一个好的交流媒介。张大千为徐悲鸿画过猫,徐悲鸿也赠过黄君璧猫画。有一次，徐悲鸿到黄君璧的公寓聊天，见好友家老鼠很多，便"以纸猫代真猫相赠"，将《狮子猫图》送给了他。

多年以后，张大千侨居在美国洛杉矶，经常回忆起与徐悲鸿等故人交游的情景。1972 年是农历鼠年，香港《大成》杂志主编向张大千约稿，张大千想起了徐悲鸿和借给徐悲鸿的那只波斯猫，提笔画了《金银眼波斯猫》，并写下一段话：

雪色波斯值万钱，金银嵌眼故应然。不捕黠鼠还同器，饱食朝昏只欲眠。……

这幅画也叫《睡猫图》。画里的猫看不出是金银眼，也几乎看不出是波斯猫，唯一能看清楚的就是懒——懒懒地卧在那里，蜷成一团。其实，不只这幅画中的猫是这样，张大千笔下的猫大多都是闭着眼睛，呈慵懒状的，因此"睡猫"也就成了张大千猫画的特色。

画家、收藏家吴湖帆也是张大千的好友。吴湖帆和潘静淑夫妇不仅喜欢画猫，而且喜欢看"猫片"。1938 年吴湖帆在自己的《丑簃日记》中记载了看电影的趣事。原来，好友篆刻家陈巨来告诉他们夫妇说，南京影戏院有一部猫片上映了，里面的猫有好几百只，各种花色，赶快去看。听友人这么推荐，吴湖帆和妻子潘静淑坐不住了。也是，哪个猫奴能抵御得了猫片的诱惑呢？

吴湖帆平日里工作繁忙，已经有两三年没有去过影戏院，妻子也不常出门社交，但为了这部影片，两个人决定带着孩子去影戏院。第二天，潘静淑亲自去排队买票。结果呢？吴湖帆看完电影回到家之后在日记里直呼失望："群猫只出一幕，不到三秒钟即逝，其他乃歌舞影片。观者多外人，众皆大喜，余等三人则大感失望而返。"影戏院里绝大多数人都觉得电影好看，只有这专门去看猫的三个人气愤不已，败兴而归。一两个小时的电影，猫才出现三秒钟，差评，差评，差评。

张大千的猫奴朋友圈里，还有一个人叫张伯驹。他是书画家、收藏家、诗词学家，还是京剧艺术研究家。

彼时张伯驹和张大千同为故宫博物院的鉴定专员。张伯驹家位于弓弦胡同，是个占地十几亩的豪宅，家里还有能烧一手好豫菜的河南厨子，所以张大千等人经常到张伯驹家聚会。

张伯驹为人们所熟知的，是他对文物收藏的热情。凡是他看中的文物，总是一掷千金。20世纪30年代，溥仪到东北当伪满洲国皇帝，带走了一大批故宫的文物。1945

年，随着日本战败，一些珍贵字画流落到民间。时任故宫博物院专门委员的张伯驹认为，那批文物中有价值的大概四五百件，不需要太多经费即可收回。其中，有一幅名贵的画作——隋代展子虔所绘的《游春图》，张伯驹建议故宫博物院立即买下，但是故宫方面一直没有回复。张伯驹担心文物流失，卖掉自己住了十多年的院子，买下了这幅画。

其实，愿意重金拯救国宝的不只有张伯驹，前面提到的张伯驹的朋友张大千、徐悲鸿，也都行动了起来。在这批文物中，张大千买下了著名的《韩熙载夜宴图》等。张伯驹除了买下《游春图》，还买下了李白的《上阳帖》、范仲淹的《道服赞》等——这些文物，张伯驹在中华人民共和国成立后悉数捐给了故宫博物院。

张伯驹一生爱养猫。他有一张年轻时抱猫的照片，照片中，他一身黑色长袍，一只鼻子周围有白毛的小黑猫卧在他的腿上。

他晚年时也有张抱猫的照片，照片中的他穿着朴素的长袍，抱着一只白色长毛波斯猫。这猫圆润可爱，而老人眼睛里则满是慈爱。张伯驹极宠爱这只猫，在家中片刻见不到它便会询问猫去哪儿了，每次吃饭的时候都要先喂猫，然后自己才吃。张伯驹曾经说过自己喜欢猫的原因，他觉得猫比人好:"世人多居心险恶,道德败坏,虚伪,不如猫直率可爱。"

张伯驹晚年定居在北京,张大千晚年住在中国台北的摩耶精舍。在和老友分别三十多年之后,张伯驹给张大千去了一封信,同书信在一起的还有夫人潘素画的两幅芭蕉。张伯驹在信中表示,希望张大千能择一善者补写。张大千收到信和画感慨万千。他在一张画上补了一个手持团扇的仕女,在另一张画上补了一只波斯猫——张大千知道张伯驹也是猫奴。可是当这两幅画再从台北寄回北京时,张伯驹已经撒手西归数月。这只猫竟成了一个未了的遗憾。

张大千最早开始学画,是母亲曾友贞教的,但是他母亲的作品却鲜少可见。

1982年,有收藏家到台北摩耶精舍去拜访张大千先生,并随身带了一张印刷图片。那是一张《耄耋图》(有猫和蝶的图画),题款为:耄耋图,戊午春,友贞张曾益。张大千看到这幅图,手抖泪流,不能自已。原来,这幅《耄耋图》正是张大千的母亲曾友贞亲笔所画。

张大千母亲画作的原稿几乎都没有保存下来。因此看到这张图片后,张大千赶紧托朋友帮忙,只要能得到母亲的原画,"要钱送钱,要画送画",一切都好商量。

后来朋友几经辗转找到了这幅《耄耋图》的真迹，但可惜的是，那个求画的老头儿，那个有众多猫奴朋友的大画家，已经不在人世了。1983年4月2日，张大千在台湾去世，享年八十四岁。

回溯过往，1956年7月29日对张大千来说一定是个重要的日子。这一年，他五十七岁。当天中午，一栋豪华法国别墅的大门缓缓打开。别墅的主人是著名画家毕加索。这一天，两位顶级的艺术家进行了一场东西方文化交流。

毕加索的艺术天马行空。不过，跟张大千一样，他也是一个猫奴。毕加索于1941年创作的《朵拉·马尔与猫》在2006年被拍出了9520万美元的天价。

毕加索笔下的猫狂放不羁，甚至有些阴暗。张大千也画猫，他笔下的猫慵懒惬意。在东西方大师眼中，猫截然不同，但大师们爱猫的心却别无二致。

为什么画家多钟爱猫咪？它们美好优雅，又有点神经质；它们不仅仅是画家的灵感缪斯，还和画家的气质相契合。猫知道"不打扰"，相信养过猫的人都会同意这一点。当铲屎官沉浸在工作中的时候，猫要么会跳上铲屎官的腿，舒服地卧着；要么会找个离铲屎官不近也不远的地方，安静地待着，用一双清澈如水的眼睛看着主人。猫不会纠缠着主人，没完没了地嬉闹，也不会自顾自地消失不见。它们往往会将自己安顿在主人的视线范围内，静静陪伴着，若即若离。这就是分寸感。

这种分寸感，是人际交往中的奢侈品，却能够在猫那里获得。

难怪画家对猫视若珍宝。猫啊猫，值得。

梅兰芳

下辈子,
有人想成为你家的猫

1947年,经人介绍,画家丰子恺登门拜访梅兰芳先生。

丰子恺是从来不主动访问素不相识的名人的,只是这次,必须为梅先生破例。

此时的丰子恺已经是梅兰芳的戏迷,而在成为梅兰芳的戏迷之前,丰子恺就已经对梅兰芳的人格钦佩有加。丰子恺还把梅兰芳蓄着胡须的照片挂在自家墙上,希望他能身体健康。后来,丰子恺带着自己的两个女儿再次登门拜访,他的两个女儿也都是梅兰芳的忠实粉丝。

再次见面,眼前的"伶王"比去年更加风姿绰约——"脸面更加丰满,头发更加青黑,态度更加和悦"。丰子恺比梅兰芳年轻好几岁,却胡子长长、短发花白,难怪女儿看着这两人不禁笑起来。

资深的猫奴丰子恺还发现，梅兰芳也养猫，而且养了两只。梅兰芳把猫抱在怀里，一边摸猫，一边和他们说话。

回到家之后，女儿感慨地说："爸爸，我们如果能在梅先生家化身做了猫儿，也是幸福的呀。"

梅兰芳是著名的表演艺术家，同程砚秋、尚小云、荀慧生并称为"京剧四大名旦"。梅兰芳的戏不仅在中国风靡，在国外也备受欢迎，他有众多国外的大师级粉丝。泰戈尔访华的时候特意去观看了梅兰芳的《洛神》；梅兰芳访美的时候和卓别林会面，卓别林见到他非常高兴，并对他的表演赞不绝口。

很多人都以为梅兰芳天资聪颖，所以日后能成为名震中西的一代大师，其实不然。

1894年，梅兰芳出生在北京前门外的一座梨园世家旧居，四岁的时候父亲病故，十四岁的时候母亲与世长辞。梅兰芳拜师吴菱仙时只有八岁，十岁开始登台演出，他第一次登台出演的是《长生殿·鹊桥密誓》中的织女。

在戏班学戏是非常辛苦的，师父们训练起徒弟来，比电影《霸王别姬》里展现的要更加严苛。梅兰芳的师父吴菱仙则温和许多。每次吴菱仙都将一块长条形的木尺握在手中，这木尺是用来拍板或惩罚学生的，但是他从来没有打过梅兰芳,只是让他不断地练习,一句唱词要重复二十遍、三十遍。有时候梅兰芳觉得自己唱个六七遍就会了,但是师父吴菱仙仍让他继续唱;有时候梅兰芳累了,便想要打瞌睡,师父也不会打他或者骂他,只是轻轻推他一下。梅兰芳后来尤为感念师恩,因为当时几乎没有人看好他——论先天条件,他的脸型不够柔和,眼睛不够有神;论后天条件,他学习之初领悟力不足,学戏学得很慢,以致几乎没有老师愿意教他。但是,吴菱仙却把很多精力都放在他身上。

开蒙师父的宽厚性格深深地影响了梅兰芳。后来,他待人接物也极其宽和,自己带徒弟,也从来不打骂。就连在家里吊嗓子,他都会对着一个酒坛的坛子口,因为怕影响家里其他人休息。琴师姜凤山说:"梅先生从不发火,因为没人招他生气,他没有不如意的事,人人都尊重他,叫他梅大爷。"

也难怪丰子恺的女儿天真地说,想到梅兰芳家做一只猫,这不是因为锦衣玉食的生活,而是因为那种有情有义的氛围。

梅兰芳最早养的动物是鸽子,他养鸽子的初衷并不是赏玩,而是训练自己的眼神。旦角对眼神要求尤其高,眼睛要大,眼神要有光彩,梅兰芳虽然从小就开始学戏,但是自认为在眼神方面仍然有很大的欠缺。梅兰芳养鸽十年,通过眼神跟着翱翔的鸽子转,练就了一双灵动的眼睛。

而养猫则是梅兰芳定居上海之后的事了。在上海思南路的家中,梅兰芳夫妇养了一只雪白的小猫。小白猫平时就待在梅兰芳的卧室里,晚上常伴着他睡觉。梅兰芳最喜欢做的事情就是给小白猫梳理毛发。

然而,有一天,小白猫因病死了。

那天,友人恰巧登门拜访,看见梅兰芳夫妇为小白猫流泪。

知道梅先生爱猫,小白猫又去世了,有朋友便又送来一只猫,同样是通体雪白的白猫:"后来让一位朋友知道了这件事,又送给他们一只白猫,名唤'大白'。它的毛片,也白得可以的……"[1]

这只小白猫比之前的那只更加活泼,拿一小块方糖丢给它,它能衔着去还给梅兰芳;梅兰芳坐下来吃饭时,它能乖巧地跳进他的怀中,而"只要梅先生接过手巾一擦脸,它会懂得主人已经吃完饭,也就跳下来,把身子抖一

---

[1] 梅兰芳:《舞台生活四十年:梅兰芳回忆录》(全两册),新星出版社 2017 年版。

抖，走开去了"①。

除了这只白猫，梅兰芳家还有一只小灰猫。

一次，梅兰芳先生跟友人聊到自己学习和演出《游园惊梦》的经过。他兴致勃勃地讲自己如何学习身段，如何研究唱词，又是如何同学生和同道一起把《游园惊梦》演出彩的。友人听得入迷时，儿子梅葆玖的奶妈急急忙忙过来汇报，说："小灰猫前两天就不吃东西，也不大行动，今天又有点抽风，恐怕不大好吧。"梅先生听完，无心继续原先的话题了。他过去找猫，发现小灰猫就躺在火炉边，看起来像一朵泄气的花。梅先生让管家带小灰猫去看病，但是兽医却只给开了两包泻药，没有什么用处。梅先生心里郁闷，回到卧室床上干躺着。小灰猫拖着病体挣扎着来到梅先生卧室里间的门口，朝着梅先生的方向直直地看。没到第二天早上，小灰猫便去世了。奶妈说："那只灰色猫死了。扰得大爷一夜就没有好睡。"

小灰猫去世之后，亲戚又送来一只玳瑁猫。梅兰芳却还是惦记着小灰猫，觉得小灰猫早死，有他太宠爱的责任："我们养猫的方法，过于喜爱，是不很相宜的。以后

---

① 梅兰芳：《舞台生活四十年：梅兰芳回忆录》（全两册），新星出版社2017年版。

应该让它自然地生活着,倒能延长它的生命。像死去的这只灰色猫,恐怕就是吃坏的。"①

张伯驹是戏迷,也是梅兰芳的好友。梅兰芳在张伯驹三十五岁生日的时候,特意临摹了一尊佛像,给张伯驹祝寿,而佛像手中就抱着一只猫。梅兰芳自己喜欢猫,也知道自己的好友爱猫,所以特意在画中加上了猫。

抗日战争期间,因为不愿意给日本人唱戏,梅兰芳蓄须明志,足足有八年没有登上舞台。在抗战结束之后,梅兰芳才出山演出,那时候他已经五十一岁。1945年11月,梅兰芳在上海连续十天大唱昆剧,除他之外,在场的名家名角还有很多,但是先生一出场,那便是舞台上绝对的王者。

梅先生对京剧艺术做出了无与伦比的贡献:他致力于对京剧的改革与推广;他还改变了旧社会人们对戏曲及戏曲表演者固有的印象,将一批本来以轻浮心态去听戏的人,变得热爱戏曲、尊重戏曲。

梅兰芳的小儿子梅葆玖出生于上海思南路的公寓,他也是梅兰芳先生的几位子女中,唯一继承梅派艺术的孩子,扛起了梅派艺术的大旗。梅葆玖和妻子一生无儿无女,但是养了二十多只猫。和父亲一样,梅葆玖也是深藏不露的猫奴。他会给自家的猫准备猫饭,他喂自家的猫时，街坊的猫也会围过来，他就乐呵呵地看着猫吃饭，他曾说："人生一大乐趣就是看猫吃饭。"

周围人都知道梅葆玖爱猫。梅葆玖爱猫，并且一点都不在乎品种，家里的不少猫原来都是流浪猫，梅葆玖和夫人看它们无家可归，就收养了它们。

有一次，梅葆玖的侄子去他家吃饭，吃饭的时候发现有七八只猫迅速围拢过来，喵喵叫着，突然，有一只黑猫跳上了餐桌。侄子被猛然蹿出来的黑猫吓了一跳，梅葆玖察觉到他的惊慌，轻轻摸了一下猫头，笑着说："这是小黑。"

梅家父子是盛名在外的大师，但是在他们自己看来，他们与普通人无异。就像他们对待猫的态度，流浪猫、品种猫，都一视同仁，发自内心地关爱。这或许也是他们至今仍被人怀念和称赞的原因之一吧。

吕思勉

是史学大家,
也是猫咪之友

1936年9月的一天,一位史学大家写下了一篇《猫友纪》,记录了自己养过的二十多只猫。

这位史学大家就是吕思勉。

他是将二十四史从头到尾至少读过两遍的学者;他和陈寅恪、陈垣、钱穆并称为"史学四大家";他是史学大师钱穆在常州府中学堂的业师,是清华国学院四大导师之一赵元任在常州溪山小学堂的先生,是大师的老师。

他是最早使用白话文著述中国通史的学者,他写的通史著作,自20世纪二三十年代起,就是被不断再版的超级畅销书,而直到今天,学习中国历史的人,一定绕不开他写的《中国通史》。

看吕思勉的照片,会觉得他老人家是个不苟言笑的人,一心只想往故纸堆里钻。但实际上,在学术之外,他还有三大癖好，养猫就是其中之一。

如果有人说，沉迷于猫咪就是不务正业、玩物丧志，那这位老先生肯定第一个不同意。

他的作品中就有猫的一席之地。在我国浩如烟海的古代典籍中，专门写猫的不多，其中现存比较有名的便是清代王初桐的《猫乘》和清代黄汉的《猫苑》。或许是见猫书极少，吕思勉便给猫编写了专门史，就叫《猫乘》，其中汇集了古今中外猫的掌故。

和很多日后才成为猫奴的名人不同，吕思勉从小便爱猫，对猫的深厚感情绵延了一生。

据吕思勉自己回忆，他九岁的时候家里有两只猫，一只是年老的白猫，另一只是年幼的奶牛猫。白猫凶悍，吕思勉小时候养的兔子和画眉鸟都惨遭白猫毒手，但是他并没有因此厌恶猫。另外那只奶牛猫名叫"百两猫"，因为出生的时候恰好一百两重。这只猫长得非常漂亮，脸圆圆的，毛亮亮的，很得大家的喜欢。吕思勉给这只猫还起了另一个名字——"志道"，大家都叫它"阿道"。后来，他又有了三只猫，他给它们分别起名"据德""依仁"和"游艺"。这或许预示着这个年纪不大的少年日后会成为一代大家，毕竟小时候给猫起名字，都能暗合《论语》中孔子对君子的要求："志于道，据于德，依于仁，游于艺。"成年后，他养了更多的猫，其中有一只叫"白鼻"。这只猫全身都是黑色的，唯有鼻子是白色的。他还特意在文中指出，昔日陆游有一只叫"粉鼻"的猫，大概也是这样的吧。但是，这只猫或许更厉害一点，它会敲门进屋。

当时养猫的人家中，猫咪落井坠亡的事件时有发生，老舍家在济南时养的那只可爱的小毛球就是落井死的。吕思勉和同样爱猫的妻子有共识，那就是家中的水井用完之后，一定要拿东西盖上，防止猫咪失足掉进去。有人嘲笑他们夫妇过虑了，为了猫这样并不稀奇的小兽大费周章。吕思勉特意考据了相关史料，证明如此谨慎绝非小题大做："然予读《辍耕录》云：'平江在城娥媚桥叶剃者门首檐下有一枯井，深可丈许，偶所畜猫坠入，适邻家浚井，遂与井夫钱一缗，俾下取猫，夫父子诺，子既入井，久不出，父继入视之亦不出……'案此所述三人，死其二，一亦几死之情形，庸不甚确，然南村能举其事在至正己亥八月初旬。则非尽伪传无据，其尝杀二人而一亦几死，恐近乎真。则以物掩井，亦谨慎之一道也。"

有一次，吕思勉家有只猫离奇死亡了。排查了许久，他觉得有很大可能是小猫一不小心吃了葡萄藤上的壁虎，才不幸身亡的。

按照有些人的做法，大概会去教育其他猫咪，不要乱吃东西，或者威胁猫咪，再吃壁虎就好好教训你。

但是吕思勉没这样做，既然猫死不可复生，那为了避免其他的猫咪重蹈覆辙，干脆把葡萄藤掘掉好了。

看，真正爱猫的人，见不得任何给猫带来危害的隐患。

生活中的吕思勉是个非常简朴的人，对物质要求极低。在山阴路的里弄房子里居住时，家具都是东拼西凑来的：书柜来自常州老家，是几十年前吕思勉自己设计打制的；餐桌是亲戚留下的；大衣柜是之前住在房子里的人遗弃的；只有两个布沙发是新的，是女儿看父亲搬家时什么家具都没有，特意用稿费购置的。

但是吕思勉深谙富养猫的道理，为猫做饭，带猫看病，能力范围内务必给到最好。

有一次，他养的一只大黄猫不知道为什么剧烈呕吐。他仔细观察呕吐物之后，发现是猫饭里虾仁放得太多了："见其吐虾仁等物甚多……"

猫饭要多放虾仁，猫生病了也绝不能坐视不管。他养的一只叫"白白"的小猫生病了，对于当时很多人家来说，猫只是小动物，病了也就病了——人还自顾不暇，哪里还顾得上动物呢？这个逻辑在吕思勉这里是不成立的，他请了常州当地非常有名的大夫来给小猫看病。那个年代，医生的出诊费本身就是一笔不小的开支。

每个爱猫人都想有意无意秀一下自家的猫主子，吕思勉也不例外。他家曾有一只非常漂亮的猫，全身黄色，名叫"阿黄"。有亲戚朋友来访，在谈完正事之后，他总会问一句："到我家，见过阿黄吗？"他还刻了一方猫咪图案的印章，苍劲古朴如同汉印，每每给友人写信，就会在信笺的一角印上一只墨色的猫，这可以说是吕思勉自己的一个巧思了。谁说历史学家无趣呢？不过是他们的细腻和情趣，一般人想象不到。

研究历史的人，总是会有一些孤独的时刻。在渺渺历史长河中，生离死别、悲欢离合太多太多。吕思勉会爱猫，或许是因为猫拥有柔软的灵魂。我们猜想，在他于深夜考据历史、伏案写文的时候，桌子上一定有一只翻着肚皮睡觉的大猫，陪伴在灯下。猫的陪伴会让人懂得，思想可以自由，但灵魂不必孤独。

有人曾说，对猫的理解程度也体现了人类的文明程度。

这句话吕思勉应该也会同意。

在吕思勉所处的时代，对猫印象很坏的人不少。毕竟猫的服从性差，我行我素——猫一直知道自己被谁喜欢，或者被谁讨厌，但是它们一点也不在乎。它们不讨好，合则留，不合则去。更令人头疼的是，猫往往是有闲阶级的宠物，它们不劳而获、为所欲为……相反狗的服从性强，而且狗能看家护院，工具属性明显，一直和人类和平相处，所以不少人对狗的评价很高，对猫则嗤之以鼻。

研究过许多史书，见过许多历史中的猫，吕思勉也加入了"猫派"和"狗派"的世纪大讨论——他不是调和主义者，而是坚定的"猫派"。他还动用考据的功夫"拉踩"了狗狗，说其实猫比狗更好，为什么呢？因为猫是太平世之兽，又柔和，又仁爱，而狗是乱世之兽，"以猎物""以残人"。看，史学家力证，猫咪既治愈又柔和。

1955年，吕思勉接到老家的信件，信中特别提到家里的黄猫走失四天了。过几天，老家又来信说，黄猫可能被养鸽子的人杀害了。几天之后，吕思勉梦到自己颤颤巍巍地站在高台之上，夜风呼啸，他见到下面有只黄猫，于是哑声呼喊小黄，并想要垂根绳子去救它，但是怎么够也够不着。深深的无力感使他从梦中惊醒。他太惦记家乡那只冒冒失失的黄猫了。

两年之后，七十三岁的吕思勉去世。一生著述宏富的老先生大殓之时，遗体边有三样东西——一支钢笔，一块手表，还有一张猫的照片。钢笔象征着他笔耕不辍的一生，手表代表着他钻研史学的历程，此二者是他生前常用的物品；而猫是他生前最喜欢的动物，也代表着他独立高贵的灵魂。

一个历史学家，既能下笔写文，也能心中有猫。

那他的论著，一定不会很枯燥吧。

有关爱与生死,
那些猫咪教给我们的事

　　这世界每天都上演着生离死别。对于置身其中的人来说,滋味并不好受。或许对于猫来说,也是如此。

　　文学家郑振铎家里前前后后养了三只猫。第一只猫是从邻居家要来的,活泼可爱,但是后来不知生了什么病,死了。第二只猫是从舅舅家抱来的,这只猫比上一只更加活泼有趣,当时猫绝大多数都是散养的,这只猫就在某一天被一个过路人给抱走了。冬日的一天,一只孱弱的小花猫出现在郑振铎家门口。郑振铎本来并没有打算养猫,但觉得它实在可怜——"我们如不取来留养,至少也要为冬寒与饥饿所杀"。就这样,在好久不养猫之后,郑振铎家里有了第三只猫。

这只猫懒懒的，不是很活泼，也不太亲近人，它就以这样的方式和全家人相处着。因为它疏离的个性，家里人待它不如前两只猫那样亲厚。一天，家里养的鸟死了，全家人都以为是这只猫把鸟残害了，对它的态度更加冷淡。

没想到，最后"真凶"现身，原来是一只黑猫干的。小花猫平白无故受了冤屈。这件事让郑振铎十分难过，心里有说不出的愧疚。

"真的，我的良心受伤了，我没有判断明白，便妄下断语，冤枉了一只不能说话申诉的动物。"[1]后来这只小花猫不知怎么的，死在了邻居家的屋脊上。郑振铎觉得自己没把这只猫照顾好，又再无补救机会，愧疚、自责至极，从此之后再不养猫。

猫的一生，十分短暂，尤其是生活在外面的猫，平均寿命只有三年，平时要争食物、争地盘、争夺配偶，还得提防着冷不丁的恶意。对于它们来说，短暂的一生更是提心吊胆的一生。它们哪里有九条命？连一条命都不容易保住。

跟郑振铎同为开明书店股东的夏丏尊也养猫。彼时，夏丏尊刚刚搬到白马湖居住，新家里有不少老鼠，他的妹

---

[1] 郑振铎：《猫》，《郑振铎集》，中国华侨出版社2018年版。

妹提议给哥哥家送来一只好猫，既能捕鼠，性格又温驯，可以做孩子们的玩伴。全家人都在期待着这只猫的到来。然而，猫来到家里没多久，夏丏尊的妹妹就因病去世了。小猫是妹妹送来的，它不可避免地和妹妹有了某种联结，家里人都觉得是小猫带来了不幸。时间总会慢慢治愈人心，渐渐地，家里人走出了悲痛，对小猫也喜爱起来。家里人吃饭的时候都会在餐桌旁给它留位置，它每餐都有新鲜的鱼吃。

一天，小猫忽然不见了，夏丏尊心中怅然若失。最后，他在后山的田坑里发现了小猫的尸体，并且，已经面目全非。家里人格外难过，因为与妹妹有关的最后一点念想也失去了。

住在北京的时候，梁实秋并不喜欢猫，原因有两点，第一点就是猫叫春的声音扰人，尤其是到了冬天，万籁俱寂，这时候房顶上的猫冷不丁地嗷叫起来，配合着跑跳，更是让人心中烦躁。

第二点就是普通老北京人家的窗户是纸糊的，经常会有猫从窗子跃入家中，弄脏地板，弄皱床铺，当然在作家眼中最不能忍的，就是弄乱了稿纸。

有一天，梁实秋家中就跑进来了一只猫，说是跑进来，实际上并没有看到猫的影子，但是家里进了猫是件确定的事情。梁实秋先生细数这只野猫的罪状："有一夜，我在睡梦中好像听到了小院书房的窗纸响，第二天发现窗棂上果然撕破了一个洞，显然的是有野猫钻了进去……"[1]他吭哧吭哧把窗户纸修补好，第二天猫又来，第三天猫又来，"而且把书桌书架都弄得凌乱不堪，书桌上印了无数的梅花印，我按捺不住了"[2]。

此时的梁实秋对猫是无感的，但是也做不到"心狠手辣"，毕竟他还在文章中"拉踩"了一下自己的知音迅哥儿，说虽然被野猫在房顶"跑酷"、叫春弄得心力交瘁、神经衰弱，但是"想来不至于抢大竹竿子去赶猫"。

话虽这么说，但还是得想办法。给梁实秋家做饭的厨师一向是对野猫还有流浪猫深恶痛绝的，有多少新鲜的鱼啊，肉啊，都被猫叼走，所以他独创了一个机关。这次，他就要用这机关对这只死活都赶不走的野猫，实施致命抓捕。它只要敢来，就会被机关中的铁丝死死箍住，越挣扎箍得越紧。

当晚，猫就被抓住了，第二天早上起床一看，一只落魄的瘦猫被套着脖子悬在窗口，已经奄奄一息了。厨师

---

[1] 梁实秋：《猫的故事》，《为这人间操碎了心》，中国友谊出版公司2020年版。
[2] 同上。

猜得没错，它又趁着夜深人静，偷偷溜进家里来。它能来干什么呢？大冷天，要么是冷了想找个地方暖和，要么是饿了进来偷东西吃。梁实秋看着命不久矣的猫，实在不忍心，弄乱稿纸也罢，偷鱼吃也罢，一笔勾销吧，放它一条生路。厨师对作乱的猫向来严厉，可是家里的先生发话了，他也不好反驳，只好稍稍让了一步，说，那就在猫身上的铁丝上系个空罐头。罐头和地面摩擦，会产生放鞭炮一样的声音，无论它走到哪里，这种响声都会跟随着它。对于猫来说，这是一种持续的、残忍的精神折磨。梁实秋同意了。他觉得，这样的话，这只野猫总不会再回来了："我心想她吃了这个苦头以后绝对不会再光顾我的书房。"[1]

没想到，当晚，铁罐子摩擦房瓦的声音又在梁实秋头顶响起，仿佛午夜惊魂一般。他既觉得害怕又觉得不解，这猫是来报仇的吗？屋里有什么好东西，让它这样不能割舍？

果然，窗户纸又烂了，那只野猫又破窗而入。这几乎要耗尽好脾气的梁实秋最后一点耐心，甚至让他有点后悔

---

[1] 梁实秋：《猫的故事》，《为这人间操碎了心》，中国友谊出版公司2020年版。

白天对这只屡教不改的野猫手下留情:"这一回我下了决心,我如果再度把她活捉,要用重典,不是系一个铁罐就能了事。"①

他来到书房,看到地上有几本书,这些书原本是在大书架的顶层。他仿佛可以看到野猫往屋里大书架上攀爬,身姿是那样矫健,带着令人不解的义无反顾,好像它白天没有被抓住一般。

当他搬了高凳子,想去大书架上捉猫时,眼前的景象让他惊呆了。书架上有四只嗷嗷待哺的小猫,这只瘦骨嶙峋、屡教不改的野猫,拥着那四只刚出生的小奶猫,正给它们喂奶。

一个原本不爱猫的人目睹了这样的场景也深感震撼。这只猫告诉了梁实秋,也告诉了我们——

猫并不冷漠或者薄情,如果有人这样认为,那一定是还没有养过猫,或者没有被一只猫真正地爱过。

流浪猫同样也是家猫的后代,它们或是被人赶出家门,或是自己走丢,总之它们往往被当成有害的动物,被防备,被驱逐。这对它们并不公平,但是在那个普通人都

---

① 梁实秋:《猫的故事》,《为这人间操碎了心》,中国友谊出版公司2020年版。

难以自保的时代，我们或许也不能苛求过多。只是，如果真的有天堂的话，就让这只含辛茹苦的猫妈妈上天堂吧，让她能终日饱食，捕蝶扑萤，翻着白肚皮在主人的棉被上睡大觉，让它过这样安稳的日子，再也不遭受颠沛流离之苦吧。

冯友兰先生的女儿名叫冯钟璞，她不喜欢简体的钟字，又因"钟璞"谐音"宗璞"，便用"宗璞"这一笔名来写文章。她是著名作家，是茅盾文学奖获得者。抗战时期，为了躲避空袭，她和家人住在一个破庙里，家里还有一只小花猫。只是小花猫没长多大就死了。

她和弟弟试图挽救一下，用猪肝拌饭并送到小猫嘴边。可是小猫始终闭着眼。

这是年幼的宗璞第一次距离死神那么近，原来死亡就是这样子的，是冰冷的，是无情的，是没有商量余地的。她为小猫做了一篇哀悼的文章，郑重地放在小猫身上，又和弟弟一起，找来了一只大小合适的盒子，作为猫咪的棺椁。他们两个小人儿抬着装有小猫的盒子，上了山坡。埋葬小猫之后，宗璞拉着弟弟的手，矗立在冷风中很久很久，那时他们都穿着单衣，居然不觉得冷，但也失去了玩的兴致。

宗璞有一个幸福的原生家庭，父母之间感情很好。父亲冯友兰曾经说，他这一辈子最感激三个女人，一个是辛苦鞠养他的母亲，一个是默默支持他的妻子，一个是女儿宗璞。

1977年，宗璞的母亲去世了，操持家里的担子也就落在了宗璞的身上。

母亲去世之后，家里的狮子猫也跟着去了。这只狮子猫是母亲最爱的猫，它与母亲感情很深。母亲病重时，它每天都等在母亲房门外。侄子告诉宗璞，那只狮子猫是死于非命，是被人用鸟枪给打死了，他已经找地方把它悄悄埋了。宗璞听了狮子猫的结局什么也没说。她心里很难过，也很清楚，猫走了，她的母亲也真的走了。

马尔克斯说，父母是隔在我们和死亡之间的一道帘子，父母走了，活着的人离死亡更近了。而对于爱猫人来说，猫也是横在人和死亡之间的一道帘子，薄薄的。当猫咪走了，我们才惊觉，原来死亡是这样的，原来死亡才是真正的荒原。

著名哲学家、历史学家任继愈先生小时候也曾经和弟弟们一起去葬过一只猫。这只猫是他们兄弟几个的玩伴，他们喜欢和猫赛跑。猫咪去世之后，任继愈精心挑选了一个点心盒做棺材，在里面铺上厚厚的干草，还找来一块大砖刻上碑文，给了小猫一个庄重的葬礼。任继愈先生临终前，还回忆起这件事情，说:"小孩的心里，虚幻和现实没有界限。大人不理解，看着好玩。儿童是认真的，是真难过。"①

猫死了，对于世界来说，是件微不足道的小事，但是对于爱猫的孩子来说，是永生难忘的大事。他们会在一瞬间长大，他们长大后会比别的孩子更尊重生命。

1948年6月25日，天津《真善美》画报刊登了一篇文章，作者是天津报界的知名撰稿人梅花生。他家里前前后后总共养了六只猫，为了让家里的大猫小猫都吃饱吃好，他每天早上最要紧的事情就是去市场买猫鱼。彼时物价飞涨，最开始用一万块能买够一天吃的猫鱼，后来每天要花两万:"十天二十万，三十一天六十二万，玉米面十二万一斤，每斤做四窝头，顶多喂四天猫……"话虽这么说，苦了自己也不能苦了猫，吐槽完高昂的物价，再看看自家的猫，觉得一切都值得。只是不幸，在一个月之后，家里的母猫就因为意外而离世了:"因为被人带门不慎，挤坏了肚子，瘫卧三天，终于呜呼哀哉。"

1948年7月28日，同样是在天津《真善美》画报上，又刊登了他写的一篇《埋猫记》:"(我)不忍把她抛入垃

---

① 李申:《任继愈传》，河北人民出版社2016年版。

圾箱去喂绿豆蝇，乃决定黑夜实行葬仪。参加葬仪者，只有我们两个人，以竹篮盛其，平平正正放在其中，然后培土，令人有'马嵬坡畔泥土中，不见玉人空死处'之感……"对于爱猫人来说，有猫万事足，累一点，饿一点，都是小事。然而猫死了，仿佛一切都幻灭了。

著名作家靳以提到自己小时候住在天津的时候养了一只猫。那是一只温顺的猫，总是安静地卧着，从不伤人，也不偷吃东西。家里人都喜欢这只猫，精心养育，猫活得很久，有十几年。那天靳以的祖母去世，入殓之后，棺椁仍停在家中，"她（猫）就躺在棺木的下面死去。想着是在夜间死去的，因为早晨发觉的时候她已经僵硬了"。在古埃及人的眼中，猫是灵魂的摆渡人，它们能够引领自己的主人抵达明亮的彼岸。

猫有一种特殊的本领，它能够知道自己什么时候将会离开世间。到了那个时刻，它就会悄悄离开，躲到一个偏僻的角落，静静等待生命最后时刻的到来。就如季羡林的咪咪一样，为了不让他人为自己的离去而悲伤，它找到了一个能够藏匿自己的地方，不再回来。

猫从来不会教我们经天纬地的大智慧，猫只会用不长不短的一生陪伴一个人，当使命完成了，它就会像一朵浮云那样飘走。但是无须流泪，猫最见不得朝夕相伴的主人伤心。

猫处理死亡的做法也让季羡林深有感触：人何不像猫一样，活着的时候同交欢，死后各分散。

日本画家佐野洋子创作了一个绘本，名字叫作《活了一百万次的猫》。在这个绘本里，有一只活了一百万年也不死的猫，它是一只非常漂亮的虎斑花猫。它死了一百万次，又活了一百万次。每次死的时候，它都不会难过，直到有一天它遇到了另外一只猫，它终于体会到了什么是爱与死亡。最后它死去了再也没有醒来，但那却是它最值得的一生。

与其没有感情地活上一百万次，不如真情实感地活上一辈子。在活着的时候为了爱能背水奋战，临终时便能坦然以对。

这是猫咪教给我们的事。

猫在许多人的生命中经过，它们的身份或许是朋友，或许是孩子，或许是亲人，或许是某种亲密关系的替代，而从生命周期来看，它们可能最早从爱猫人的生命中离开。无论如何，当我们用爱去填满一只猫的内心后就会发现，猫用全身心的力量在护佑我们，至死方休。

后 记

猫为什么惹人怜爱,让人甘心做猫奴?波拉·庞德斯通(Paula Poundstone)[①]说:"猫很奇怪,无论是面对飞蛾,还是拿着斧头的杀人犯,都是一个表情。"科学研究表明,猫面部肌肉少,无法做出丰富的表情,所以猫天生就是个"面瘫脸"——面瘫的另一面是处变不惊,这让猫显得高贵和神秘。

除了面无表情,猫还具有楚楚可怜的特质。猫主要依

[①] 美国知名演员。

靠眼睛捕猎，因此几乎所有的猫眼睛都很大，成年之后的猫眼睛几乎和人类的眼睛大小差不多，但是它们的脸却要比人类的小上一半。大眼睛的猫显得格外我见犹怜。

一张脸上兼具了冷漠和柔情，这样的反差感让猫极具吸引力。

何况人类骨子里有天然的母性，人们无法拒绝可爱的婴儿，同样地，人们也无法拒绝长着一双大眼睛，从出生那一刻起就黏人的猫。

人类爱猫、养猫、吸猫、撸猫，反过来，猫也给予喂养者最贴心的陪伴。猫咪就像是人类的小型避难所——脆弱的时候，人会把头埋在软绵绵的温暖之地，比如母亲的胸口、恋人的臂弯、松软的枕头，或者猫毛茸茸的背毛里。吸猫可以促进多巴胺的分泌，让人获得愉悦和安全感——如果以上这些东西通过努力工作、用力爱人难以获得，那么就吸一口猫吧。

有人认为，我们对猫咪的依赖，比猫咪对我们的依赖多。的确如此，但是这种依赖的不对等并不影响猫咪对人类的爱，正如杰弗里·莫塞夫·马松[1]所说："我们需要

---

[1] 美国精神分析学家，著有《动物老友记》《猫咪的九种情感生活》。

后　记

猫咪需要我们，猫咪不需要我们，我们就会很郁闷。然而，即使它们不需要我们，它们看起来还是爱我们的。"

大师们之所以会成为猫奴，不是因为别的，就是因为每个人都需要爱、渴望爱。这种爱是寒冬里的互相依偎，也是动荡时代的宝贵陪伴。

更难能可贵的是，猫和这些大师的气质一拍即合。很多人在自己的领域取得了巨大的成就，但骨子里，他们始终率真且随性。猫其实也是如此，它们只认主人，不认环境——可以在梅兰芳家软绵绵的蚕丝大床上安卧，也可以在陆游的茅草屋里酣睡。它们陪伴失魂落魄的季羡林、精神崩溃的徐志摩度过清苦、孤寂的夜晚，不是因为任何回报，只是因为它们愿意。

本书呈现的是一些大师作为猫奴的一面，这是他们坦诚、温柔的一面，也是过去不为大家注意的一面。书中的内容建立在大量有据可查的作品和史料的基础之上，因此它并不是一本天马行空的散文集，而更像是一个微型的学术小品集。

大师们脾气迥异，个性万千，他们中有些人对猫的看法和态度或许并不是无可指摘的，行文中，我尽量多呈现事实少做评论，力求还原最真实的故事情节。

时至今日，文中的大师们绝大部分已经作古，他们养的猫也都随他们去了另一个世界。写这些故事,除了缅怀之外,还希望能带给读者一种感悟——爱猫,原来是可以跨越时空的,作为爱猫的人,我们和大师们没有不同。